时光的
追逐者

李 婧 ————— 著

山东文艺出版社

图书在版编目（CIP）数据

时光的追逐者/李婧著. —济南：山东文艺出版社，2020.5
ISBN 978-7-5329-6137-5

Ⅰ.①时… Ⅱ.①李… Ⅲ.①文艺评论—中国—当代—文集 ②中国文学—古代文论—文集③文艺美学—中国—文集 Ⅳ.①I206-53②I01-53

中国版本图书馆 CIP 数据核字(2020)第 070310 号

时光的追逐者

李 婧 著

主管单位	山东出版传媒股份有限公司
出版发行	山东文艺出版社
社　　址	山东省济南市英雄山路 189 号
邮　　编	250002
网　　址	www.sdwypress.com

读者服务	0531-82098776(总编室)
	0531-82098775(市场营销部)
电子邮箱	sdwy@ sdpress.com.cn

印　　刷	北京虎彩文化传播有限公司
开　　本	880 毫米×1230 毫米　1/32
印　　张	5.5
字　　数	150 千
版　　次	2020 年 5 月第 1 版
印　　次	2020 年 5 月第 1 次印刷
书　　号	ISBN 978-7-5329-6137-5
定　　价	48.00 元

版权专有，侵权必究。如有图书质量问题，请与出版社联系调换。

目　录

第一编　当代评论

体悟与言说
　　——2013年山东散文创作综述 / 3
追寻与坚守
　　——2015年《山东文学》中《散文集萃》创作综述 / 19
多变与绽放
　　——容铮散文小窥 / 31
郭沫若传记文学研究 / 35
《被复习的爱情》的女性主义解读 / 45

音乐真人秀节目差异化竞争策略分析 / 54

第二编　古代文论

《墨子》引《诗》考论 / 75
司马相如的战国游士思想与辞赋创作的个性 / 90

第三编　文艺美学

审美文化之茶文化 / 107
茶文化中的文人审美情趣 / 116
茶性与士人君子品格 / 127
人生境界在品茗中的提升 / 132
中国茶文化的传统美学思想溯源 / 139
中国茶文化的审美意蕴特征 / 145
"红楼梦饮食"的审美追求 / 166

第一编
当代评论

体悟与言说

——2013年山东散文创作综述

散文是离生命和灵魂最近的文体，它有自己的生命和特质，自由、灵动又不失真诚。梁实秋曾说过："散文有散文的作风，各人有各人的特点，那是掩饰不了的，并且亦无庸掩饰。"① 2013年的山东散文流光溢彩、生动繁茂，有对历史长河中真实生命的人性挖掘，有对中国传统之美的传承与创新，有对底层生存困境与命运悲剧的真诚书写，还有对人类命运和个体价值的终极叩问。在这片纷繁摇曳的园地里，不论是视野宏阔的散文，还是朴实平易的随笔小品，都显示出了作家们深邃的思考和可贵的探索。

2013年山东散文的重头戏当属湖南文艺出版社推出的

---

① 转引自傅德岷：《中外散文纵横论》，西南师范大学出版社2002年版，第280页。

《万松浦记：张炜散文随笔年编》，这套书共 20 卷，400 多万字，收录了张炜 1982 年从事创作以来除虚构作品之外的全部存留文学，是他迄今为止"最完备的非虚构类文字集结"。整套书采用纪年方式编排，以时间为轴展现作家的创作和思考。张炜说："它记录了我所参与的历史，可视为我个人的一部最完备的自传。"他的非虚构作品大体属于文人散文，从其大而精的文字中，总能看出一个作家孜孜前行的虔敬之心、一个知识分子的坚定信念和一个思想者的宽广情怀。《万松浦记》属于小说家的"课外作业"，却称得上巍峨高峻的散文巨制。同时，刘烨园、李登建、耿立、简默、王月鹏、简墨、陈原、周蓬桦等一批专事散文创作的中青年作家亦多有斩获，有的夺得了在场主义散文奖、林语堂散文奖、"漂母杯"全球华文母爱主题散文大赛奖、《人民文学》首届"观音山杯·美丽中国"全国游记征文大赛奖等多种文学奖项，还有的入选年度散文排行榜，为山东散文赢得莫大荣誉。此外，本年度山东散文界还举办了一系列有声有色的文学活动。济南市历下区委和山东省散文学会联合举办的"历下倾城"全国性散文创作和征集活动，得到了肖复兴、叶兆言、韩石山等几十位著名作家的响应，他们以真切的感受和多彩的文字抒写泉城之美，这些美文结集为《济南的味道》，成为颇受推崇的济南名片。10 月 26 日，简墨的"中国文化之美"系列新书首发式暨签名售书活动在济南泉城路新华书店举行,签售现场十分火爆,等待签名的读者排起了长龙,再次证明了散文的魅力。山东省作家协会文学理论批评委员会年底举办了巴兰华散文集《蒙尘的书信》作品研讨会,著名评论家谭好哲、李掖平、张学军等对巴兰华的散文创作进行了深入研讨,提出了中肯的建议。总之,2013年度山东的散文领域有参天大树,也有成片的森林,而且枝繁叶茂、花团锦簇,在参差错落中呈现出无限生机。

一、追溯与体验——文学复位,世说新语

作为与中国传统文化有着紧密精神链接的历史文学,其呈现出本土文化强劲的生命力与延续力,而散文与历史文化的结合则显现出更多的真诚与个性、深邃与厚重。在历史文化散文中,抒情对于叙事的介入,自我个体对于宏大叙事的推进,知性与感性的相互交织,不但成就了散文的"大境界、大气象、大格局、大气魄",更赋予了历史文化散文以新的特质,实现了史与诗的融合无间。以余秋雨的《文化苦旅》为代表的"文化大散文"系列,王充闾、李国文、夏坚勇、李元洛、王英琦、曾纪鑫、张加强、祝勇、张锐锋等优秀的创作者的努力和开拓,都使历史文化散文呈现出新的探索空间和繁荣景象。在山东,郭保林、李木生、耿立、高洪雷、简墨等人也致力于历

史文化散文的创作,他们有意识地强化了历史文化散文的感性渗透乃至生命体验,赋予了历史文化散文以新的视角和生命力。

在《秋瑾:襟抱谁识》中,作者耿立根据史料中记载的革命英雄秋瑾的事迹,从历史的回旋与沉浮中进行反思和追问,剖析了那个国弱民贱的时代革命者不惧死而惧世人的悲凉。整篇文章充溢着激昂的情绪,激荡着人们的心灵,为革命者唏嘘,更抨击了把历史随意装扮的行径,还原了历史人物的真面目。作者对真相的穷追不舍,不仅需要有追寻历史的勇气,还需要有努力探究的耐力和智慧。作品雄健浑厚、掷地有声,呈现出一种坚定而决绝的姿态,重铸了知识分子的尊严与道德人格,展现了作者坚持正义、尊重历史与真相以及悲天悯人的人间情怀。耿立的散文《被侮辱被损害的灵魂》(原发《山东文学》2013年第5期上半月刊),被《散文选刊》2013年第8期头题选载,后入选由中国散文学会评选,周明、王宗仁主编的《2013年中国散文排行榜》。纳杨在《2013年散文:在融合中凸显特质》(《文艺报》2014年1月13日)中评价说:"回忆历史人物'真'字当头,有的是为历史人物正名,有的是为褒扬其价值,都有着一定的现实意义。耿立的《被侮辱被损害的灵魂》讲述了近代史上一个备受争议的人——武训。文章的价值并不在于作者个人对武训不公平遭遇的愤慨,而在于其对社会忽视教育的反思。一个用尽全部生命办义学的人,应该被尊重、被学习。如果我们的社会真能形成尚学重教的风气,这样的悲剧就不会重演。"耿立的历史散文从不缺少深沉的文化反省,有着对社会、历史和人性的敏锐思考。此外,他的散文《江声浩荡》(原发《人民日报》2013年9月14日)入选李晓虹编选、花城出版社出版的《2013中国散文年选》,《蔡公时:一个悲慨的背影》(原发《山东文学》2013年第8期下半月刊)被《散文选刊》2014年第2期头题选载,《虽千万人,吾往也》(原发《百花洲》2013年第6期)被《新华文摘》2014年第3期转载,也都引起较大关注。耿立的历史散文多是对历史的反思与追问,沉郁苍凉而饱含真情,从散落在历史长河中的细节去感受历史人物的本真性情,逼近有血有肉、惊心动魄的历史真实。他一直在努力拨开被历史遮蔽和扭曲的迷雾,致力于追寻历史的真相和内心的正义。正如耿立自己所说:"历史的不能承受之重是谎言,大地的不能承受之重是饥馑,我所做的是在所谓的青史的缝隙里寻找尘土的碎片,展开属于自己的书写方式和诠释方式。但我知道黑暗会遮蔽我的心志,怎样越过黑暗的门槛,才能找出那背后的真相?"

简墨的"中国文化之美"系列(包括《京昆之美》《书法之美》《国画之美》《唐诗之美》《宋词之美》《元曲之美》《民乐之美》和《诗性之美》),涉及戏剧、音乐、书法、绘画、诗歌等众多领域。作者用具有传统气质的清澈剔透的语言来讲述中国艺术，伴着中国文化悠远古老的节奏，将中国传统之美诉诸笔下，令人叹美不已。王开林对简墨推崇有加："简墨的散文得济南自然历史人文之神韵，以其不俗的才情作充量充分之表达，令人读后神驰意适、回味无穷。……简墨的散文有贵气，有雅气，有正气，有元气，是历史文化大散文中的精品和妙品。"简墨将沉静、幽微的生命体验融于广博浩繁的各类艺术知识背景中，在个体、自然、文化与生命间穿梭自由，语言丰赡明澈、绵密灵动、极具张力，展示了不俗的文化散文的功力。在传统文化遭遇随意解构、缺失敬畏的当下，简墨将强烈的文化使命感、深刻的生命体验精神和精微的审美直观感受融为一体，以其委婉细腻的体验和感受诠释着中国文化的博大精深。她以自己的方式进入古人的世界，达到与古人在心灵与精神上的契合。"（简墨散文）以现代人的眼光、现代人的语言诠释古老的中国艺术，开拓了文化散文的新天地，在散文界独树一帜，给古老的中国散文带来了一股新鲜的清风，令人耳目一新。……女作家简墨的'中国文化之美'系列随笔散文可谓是现代中国人的文化失血焦虑和追寻赓续文化传统、古典精神的自觉热望的表征。简墨以她的随笔连接起了现代人生活中断裂了的往昔与当下、传统与时尚，使古老的琴棋诗画再度走进了现代人的生活，将焦躁紊乱、利欲熏心的现代市井人生变得简洁透明，诗意而纯净。她追寻的不仅是一种东方情调、中国文化精神，更是心灵的澄澈，是古人与今人、人与宇宙自然的心与心的沟通、神与神的会通，是一种纯净澄明的人生境界。"①

高洪雷的长篇历史散文《另一半中国史》（入选2012年度优秀畅销书），以史为纲，笔力飞扬，全景式还原中国史，打开了一幅中华民族多元一体格局的全景图，带领我们走向共同缔造的统一多民族国家的历史本真，整本书"始终贯穿着悲天悯人、世界和睦、兼容并包的思想"。② "书中每一个章节，都写得结构严谨而工稳，文气跳荡而灵动，过渡自然，流畅无碍，一气呵成。更为难能可贵的是，它的语言形象生动而优美，在繁琐的历史探寻和描绘中，荡漾出诗的涟漪。"③

二、呐喊与沉思——扎根大地，直面现实

散文不仅仅要追求美的境界，更要有振聋发聩的力量。散文写作者同样需要良知、道义和担当，要敢于剖析社会变革中的世道人心，敢于直面社会发展与自然生态的矛盾，善于关注社会底层和弱势群体的悲欢疾苦，要有清醒坚毅的人文立场和

---

① 何志钧：《检视当代山东随笔散文的"地形图"》，见《山东文学》，2013年第7期上半月刊。

②③ 张用蓬：《交响于记忆、情感与哲思之间——评〈另一半中国史〉》，见《泰山学院学报》，2011年第2期。

洞若观火的反思能力。王月鹏、简默、谭登坤、李登建等人的书写扎根大地,直面社会,具有很强的现实意义。

王月鹏的书写既犀利又充满温暖,他的散文体现出对社会现实的批判和对人性的思考。《天涯》2013年第6期头题发表了他的《一个村庄的消逝》,文章写的是城市化进程中的拆迁问题。王守德家人对被歧视的抱怨和对尊严的诉求,是对原有生活模式的固守和留恋,还是只是为了利益,文中并没有说得很清楚,但是拆迁给他们的生活带来了震动和变化是毋庸置疑的。拆迁带给农民的疼痛很难消失,这是一种对逝去的生存方式、精神背景和文化根系的疼痛。搬家时,王守德家人执意要把院里的柴火也搬走,一车柴火不值几个钱,搬一车柴火却需要300元的搬家费。但对于他们来说,这不只是钱的问题。他们用柴火做饭,用大锅蒸馒头,这是和去酒店订几盒馒头完全不同的。在农村城市化的过程中,农民失去的不仅仅是他们生存的这片土地,更是他们世世代代对村庄以及大地的依恋之情。这种依恋曾经慰藉过他们的心灵,让他们感觉非常温暖,现在这种精神依赖却被剥夺了。在拆迁中,村民对拆迁组和政府表现出了极度不信任,因为他们缺乏安全感。在城市化的进程中,如何通过合适的方式引导人们慢慢过渡,达到心理适应,帮助刚刚失去家园的人们重新构建心灵的新家园,成为现代化进程中必须思考的问题。《被悬置的人》对拆迁问题进行了进一步的思索。《雾里的人》诉说了对大自然的敬畏("我们对大自然的所谓征服和改造,实质上是在亲手将自己一步步逼向尴尬无助的境地。在大自然面前,人类其实是不堪一击的……珍视环境,即是珍视未来,即是对历史、对后人最好的交付")和对人生的思索("浓重的雾。我们无处逃遁。太多的事情在雾里发生。在雾里,我们更清楚地看到一些真相,看到早已等待我们的命运")。一个渴望城市的树精,离开了生它的土地,它的命运终将如何?王月鹏在《没有年轮的城市》中回答道:"上帝给你一块土地生下根,但你的要求和渴望却使你拔去了你的根。可怜的树精啊,这促使你灭亡。"在他的文章中,拆迁、生态、土地等问题都有涉及,引发了人们对现实和社会的思考。

简默出版了散文集《身上有锈》。作者把"锈"当作一种记忆,敞开自己的生命历程和沉淀在自己心灵深处的疼痛,剥离了自己的心灵之"锈",敏感而诗意地提醒着被人们忽视的生活部分——你是一块会生锈的铁。简默以真诚的姿态面对写作,以悲天悯人的胸怀关注人生,情感纯粹而包容。他始终执着于对生活本真和生命真谛的书写。《转经朝佛路上》生动地记录了作者在西藏经历的那些撼人心魄的瞬间。在西藏,朝拜是表达虔诚信仰的一种方式,精神和信仰的力量像血液一样流淌在这片土地上的每一个人的身体中,不论是大人还是孩子,身体健全的人还是身体有残缺的人,就像简默所说:"只有残缺的肉体,没有残缺的信仰。"信仰的力量是巨大的,它是人心灵的慰藉,是人对未来的向往和希望。从简默的文字中,我们深切地感受到了这种精神的力量。文中虔诚的朝拜者在敬畏中求得心灵的平静,完成了从肉体到心灵的跋涉与修行,婴儿车中熟睡的婴儿和父母背上的孩童都"忠实的存储下了这一幕",不论是作者还是读者都经历了一次心灵上的洗礼。简默的散文还充满着对过往的深深的眷恋和对生存空间的思索。在《草木萤火》中,作者说,"我自己,再也没遇见过萤火虫,也快三十年了",与萤火虫的再次相遇像是"冥冥之中一直默默牵系的缘分",奉了某个神谕似的,唤醒了作者的记忆,感动了其长久以来麻木和冷漠的心。《黄鼠狼驾到》写了一只无处容身的黄鼠狼的两次到访。"现代人为了自己的居住梦想,掘了坟墓,挖地三尺,扰了先人的清静……还有它们",黄鼠狼在钢筋水泥和高楼大厦中已找不到容身之所,只能寄身管道里,偶尔出来觅食,窜到居民家里。简默的散文贴近大地的本真和生活,坚持拥抱生命根底,呈现出生命的质感。《记起一个人》中描述了一个智障的男人所经历的嘲笑、戏弄,直到有一天这个男人消失在大家的视野中。作者不希望他的消失是因为已经死去,毕竟这是一个生命,即使"这生命残缺如齿轮,老是啮合不住自己的人生",但他毕竟是一个活生生的生命。

但另一方面，作者却又希望如果他真的死去了，在天堂会"站直了活着，没有耳光响亮，只有灿烂笑容"。他拥有了做人的尊严，不会再被人欺辱。在阅读文章的过程中，我们深切感受到了人的生存之痛和作者文字间的深沉辽远的爱与同情。《站桥的女人》描写了一个特殊的群体——妓女，还是一群站桥的最低级的妓女。文章诉说了她们生活的悲凉与无奈：这是一个处于社会底层的人群，她们为了生活不但出卖自己的肉体，还出卖自己的尊严和灵魂。《灰鹅进城》《路上有羊》《水葬的蜻蜓》《癞蛤蟆的幸福》《白鹅啸天》《悬垂的羊》《向一群燕子忏悔》等都是以动物为题材。人们常以自己的意愿揣测他人的意愿，却不知自己给的是不是对方想要的，就像一只癞蛤蟆，人类怎么知道它更喜欢怎样的生活？这里有对人类给动物造成的桎梏和伤害的控诉，也有对生命的珍惜、感动与忏悔。简默以他怜爱苍生的胸怀和善念诉说着对生命的敬意。《扛一株玉米进城》的情节是这样的：这是一株真正的玉米，被她从土地里连根拔起，追随她进了城；但最后她又舍不得将它卖掉，放回车上，又推了回去。土地是玉米真正的根，请把玉米带回家吧，那里有它真正的根。简默的书写扎根大地，贴近现实，有强烈的反思和批判精神。

谭登坤继 2011 年获泰山文艺奖后，又在 2013 年出版了散文集《我们的粮食》。在这部作品中，他将粮食化为开启历史之门和记忆的钥匙，展现了人所经历的风雨和苦难、屈辱和尊严，揭示了生活和生存的状态和本质。在他笔下，粮食和土地就是人心，就是人性，是能唤醒麻木灵魂的希冀。

李登建的《红木"王朝"》（原发《山东文学》2013年第8期上半月刊）被《散文选刊》2013年第10期转载。他是一位紧贴众生与土地的书写者，以其真切的感受和独到的视角，关注和表现底层平民的生活，建构了属于自己的平民世界的审美空间。

三、诉说与感悟——思想拾零，体味人生

亚马逊中国2013年度励志类畅销图书排行榜中有柴静的《看见》、韩寒的《我所理解的生活》、张小娴的《谢谢你离开我》和十二的《不畏将来 不念过去》4部散文作品，这几部作品都讲述了作者自身的成长经历和人生感悟，正是这种真实的诉说感动了广大读者。散文最大的特点，就是讲述日常生活，倾诉生命体验，体味不凡人生。就如王开岭的文字，有一种温润的金属感，有一种磁性的光芒，它敏感、深邃，明亮又干净。他的散文有对生活细节的精神提纯，理性精神的背后有挥之不去的浪漫气质。还有刘烨园的《在苍凉》，这是作者几十年人生感悟的沉淀，"苍凉"既是作者对过去几十年的回味感

受,亦是对人生阅历的记录主旨。

陈原的《思想的尘土》一共 100 小节,每一节都不长,零零碎碎地谈到了声音、人与人之间的关系、时间……作者没有沉陷于世俗的纷扰中,而是坚守了自己内心的平静,接近大地,接近事物和声音,也接近内心那个最隐秘的角落,在细节和经验中建立了人与自然、人与社会、人与内心的精神韧带。作者以尖锐的直觉去讲述生命的体验,并引领人们去观察和感受这个世界。文章更像是一种诉说,看起来很散,似乎没有什么逻辑和条理,可是点到即止,含蓄而有力,需要读者慢慢用心体味和思索。《症候》发表于《西湖》2013 年第 11 期。《西湖》的栏目主持人马叙说:"陈原是一个思考型的作家,他的文字一直有着一种沉思的品质。他在《症候》中,写自身来自生命深处的感触以及在生活中的一种状况,呈现了一个作家的偏执品格。陈原在《症候》中是一种向内的言说,他注视生命中与众疏离的部分,抛却文字的外在形式,剖析入微,在幽暗处揭示,直达内心的处所,呈现出来的是言说的力量。"在《怀人之什——仰视是接近 平视亦敬仰》中,作者回忆了自己与季羡林老先生的交往。季羡林先生的平和、谦逊、智慧和温暖都深深地影响着作者。《怀人之什——去大岸须走远》怀念了自己的朋友东田,同时引发了作者对死亡、精神困境等问题的思索。"我们在更多的时刻是独处独语独思独观,我们有时候极其相信并依赖个人的力量与精神的力量,但进入人群,我们感觉自己又是那么的边缘、无力、无助、孤单。我们往往没有同行者,没有左右的陪伴,没有回视的目光。在这样的境遇里,我们的精神探幽显得举步维艰。……面对这样的生命困境,我们是在精神上纵深进取,还是退缩……"作者真实地坦露了内心的迷茫与困惑,对生命的意义进行了剖析和探索。

  王月鹏的《沉默爱情》中有对童年记忆的怀念,充溢着沉默还是表达的纠结;《向阳光致意》传达着向上和温暖的气息;从《错过的时光》里我们明白,"在特定的时间,做该做的事";在《每朵花里都住着一个灵魂》中,一朵花从绽放到凋零都不为人知,每一朵花里都藏有一个谜;在《影子是有根的》中,我们循着影子,向黑暗走去,在摸索的过程中,"找寻一缕被遮蔽的阳光";《不该忽略的细节》《减法人生》《我想我还是走到广大的世界上去好》《看不见的风景》《跳高者》《瞬间温情》《宾至如归的人》等,则讲述或倾诉了对生命的体验和生活的感受。

  陈融的散文集《薄暮微凉》是她继《不一样的飞翔》《和文字一起私奔》和《交叉向上的河流》之后的第四本散文集。这本散文集是作者对生命的感悟:关于生老病死,关于故土和异乡,关于伤痛和慈悲,关于虚妄和救赎……此书编排体例独出心裁,自成一格。它以两组诗分作"序曲"和"余音",中间三个皆以"像镜"为名的主体章节则是长短不一的散文,有的长至万余,有的短不足千。这种诗文相应、篇幅错落的成书方式本身就有一种不守常规的悖逆感,整部书的行文就像一首层峦叠嶂、有张有弛的长诗。

此外,还有林纾英的《母亲的天空》中老少三代的亲情相依,母爱的无私、伟大都描写得十分真实,感染力非常强。房子的散文集《被时间偷窥的秘地》,整本书幻耀着一种忧伤之美,雕琢出一种典雅之痛。他的散文虽然朦胧飘逸,但是又扎根大地。去年曾获得首届全国领悟文学奖散文奖的璎宁,今年又出版了散文集《飞翔的另一种形式》。她的散文朴实厚重,有一种浓烈的生活气息。她擅长以细腻的方式来拓展现实生活的言说空间,把人的生存机遇和精神世界作为她文字的深层内核。王韵的散文集《尘埃里的花》写人间烟火、生命之悲苦和禅意。她的散文优雅、清秀、自在,充满灵性。王季春的《那些被小雨打湿的记忆》收集了作者的57篇文章,这些文章多是对亲情的描述和对童年往事的回忆,反映出作者积极向上的生活态度和真挚细腻的内心情感世界。

在散文的新生代中,一批"80后"和"90后"作家的作品也引起了我们的关注。在山东省作家协会举办的"世纪金榜杯"青春文学大赛中,宋温馨的《敦煌魂》、朱瑞雪的《遇见·乡愁》、冯海洋的《清明时节雨》、苟琴的《葬礼上的白蝶》、张武的《黄土的记忆》、于嘉惠子的《城市的味道》、杨子锦的《槐花飘香》、朱婕的《燕归来与雁南飞》等作品脱颖而出,彰显了他们散文创作的潜力。

科技时代的到来和网络平台的拓展使散文写作有了全民参与的可能性,散文逐渐成为创作数量丰富、作者队伍庞大、读者喜爱和关注的文体。虽然这样难免会导致散文质量的良莠不齐,但毕竟拓宽了散文的题材和领域,丰富了其品类和艺术风格。可喜的是,即使面对这种令人目眩神摇的现状,山东仍有一大批散文写作者依旧在坚守自己的信仰,坚持散文的真实品质和自由品格,坚持散文的理性思索和诗性追求,努力捍卫着自己的精神高地。大家都有对诗意和美的回忆与渴望,都有对至情至美的深深眷恋,并心怀对自然万物的尊敬和理解。他们的写作中依然保留着一份真诚、血性和责任感。"真正的散文作者,得裸着身子站在审美的旷野上,让生命的光柱通体无遗地照射着自己。"也许,他们在各自探求和前进的道路上是孤独的,但在精神和灵魂的最深处,他们一定是高度契合的!

追寻与坚守

——2015年《山东文学》中《散文集萃》创作综述

《山东文学》中《散文集萃》栏目在2015年推出了李达伟、凌鹰、蒋新、刘荒田、青年河、闫文盛、晓寒、冯六一、徐锦庚等人的散文。这些创作者各有各的风采,有对中国传统优秀文化的追寻与传承,有对中西文化碰撞的思索,有对人类生命的价值和生存意义的终极叩问,还有对现代化进程中诗意栖居的向往。但不论是怎样的诉说与追寻,都体现了这些散文作家对散文的真实和自由品格的坚持,对散文的理性思索和诗性追求的坚守,对人类灵魂和精神高地的守护;凸显了当代散文作家的思考与探索、责任与担当。

李达伟的《大地辽阔》是一篇大文化散文。自20世纪90年代以来,人对自然的征服、控制、改造及掠夺严重摧残和改变了曾经优美的生存环境,《大地辽阔》对古代文明和大地辽阔的吟咏唤起了我们对诗意和优美的回忆与渴望，展现了大自然、大地、庙宇及少数族群的历史价值、审美价值与文化价值，文章精美、大气、深刻、隽永。在文章中，作者强调了古代文明对人类的重要作用，"……古老文明，具有振聋发聩的声音，这些声音能作用于一个人的内心世界，并完成对于灵魂世界的宣判与塑造"。作者认为，古老文明在人的内心根深蒂固后，能帮人完成自我救赎。作者痛心古老文明被遗忘、被切断、被糟蹋，痛心人类的麻木不仁。"古老的文明，那便是对于生命的态度，文明存在于庙宇，文明存在于田野间，文明便是古老的自然崇拜……"作者发现，随着庙宇和戏台的逐渐消失，它们曾经起到的"礼义仁智信温良恭俭让"的作用也随之消减，各种社会矛盾也开始浮出水面。作者敬畏生命，敬畏、感恩天地自然，认为大地是古代文明的依托，"神灵观念是我们古老文明的集大成，如果没有大地，我们就不会拥有自己的神灵"。在云南的村寨中，不同的宗教文明和信仰对作者的震动很大。如今社会无序的混乱造成了人内心的浮躁与恐慌，而大地的辽阔、自然世界的纯净则拯救了人的灵魂与内心，"在大地的那些真正辽阔处，我感觉到了大地本身的有序，以及大地之上的那些民间所应有的有序，而现在的一些民间有些时间里处在一种无序的状态，无序有时也意味着某种混乱，而混乱又会造成至少在心理上面的慌乱"。大地的辽阔治疗着作者内心的狂躁，以及忧伤对于整具肉身的伤害。自然已经成为作者创作的主题，其在行走、奔跑、寻找辽阔的路上，得到了内心的安宁、灵魂的净化和提升。"自然还是一种随性。随性中可以感受到真正的安宁，以及安宁所带来的舒适。""我想用心灵的深度、延展度来探测自然世界的深度，同时用自然来反观内心的浮华与浅薄。"现代文明对古代文明的侵蚀，古代文明的消逝、大自然的破坏与污染，促使作者提醒大家彻彻底底地醒悟过来。文章展现了人类对于古代文明的神往，对生存智慧的追寻和坚守，对诗意栖居的渴望以及生态意识的觉醒，启示我们重新去寻回人类的精神家园，以此慰藉我们的灵魂。

同样作为历史文化散文，凌鹰的《女书女人》充分体现了其作为文化人的担当。他对历史的忧患意识，对拯救优秀传统文化的艺术人文情怀，都让人心生敬佩。女书的出现，实际上是对女性话语权的一种表达，也是对男权社会抗争的产物，其独具艺术魅力。如果没有作者对女书的历史演变、传承方式、意义和特点的翔实生动的再现的话，我们很难了解女书是什么。作者用详尽的笔墨和深情的解读，彰显了湘文化的艺术魅力，表达了对女书的缅怀和挽留。凌鹰的书写将历史的厚重和散文的轻灵进行了很好的融合，使文本呈现出质朴、凝重而又温婉的异质美感。在凌鹰的笔下，湖南江永的古代女子用一腔腔百折柔肠、一缕缕红尘情丝织就的女书，令人神往。浣纱女子用女书歌吟的悠扬之音,化作文字的精灵,至今回荡在湘南江永大地。女人们用女书记录一生的喜乐悲欢,尽情唱咏,"让心里的冤屈苦闷悲情化作那些文字与话语的晚风,从生命的苍茫暮色中随风而散"。凌鹰用精妙的笔触、诗意的抒写,描述和展现了女书文化的绝妙和魅力,充分展示了作者深厚的文化和语言功底。总之,无论是从历史文化或散文的角度,还是从思想或审美的层面来寻求当前历史文化散文创作的突围之路,创作者的素养都是最终的决定力量。曾纪鑫在《大风吹走的只是沙尘》一文中说:"文化散文并非人人都能写好,它对作者的要求更为苛刻。能够写出高质量文化散文的作者,必须具备丰富的哲学、历史、文化等方面的学识,有的甚至就是这些领域的专家;必须具有不同于他人的独特哲思与感悟,具备史识、史胆、史德;必须不断地占有资料,充实、积累、完善,尽可能地扩大学识研究领域,并将其消化,变成自己的'血肉';必须具备'行万里路'的田野考察与社会实践;必须具备广阔的胸襟,博大的情感,雄奇的境界,吞吐万象的气势与阳刚壮美的意蕴;当然,最基本的也是最重要的一条,必得具有举重若轻、游刃有余的文字功力,具备个人独特而鲜明的创作风格……"[①] 因此,书写者要真正做到学识与才情的融合,既有对历史独到的认识与开掘,又有高度诗意化的描述是

---

① 曾纪鑫:《大风吹走的只是沙尘》,见《文学自由谈》,2007 年第 3 期。

非常难的，而凌鹰为我们做了一个很好的示范。

　　蒋新的《流浪的名著》反思了优秀的精神文化在当今社会的缺失。当今社会物质主义和享乐主义的盛行导致了社会失序和道德价值的缺失，人们处于一种极度迷茫和浮躁的状态之中，无意顾及精神和思想，人开始沦为物质的奴隶，作为人的精神食粮的书籍也开始被人们漠视并束之高阁，许多经典书籍成为地摊上的流浪者。作者对高贵的书的命运感到痛心："它们的高贵去哪儿了？"于是"寻找被遗失被冷落的那些高贵书籍，常成为我周末的主题"。作者依旧坚信会有人懂得书籍和精神的价值，对书的未来充满希望和期待。"书籍还有流浪在等待"，"存在就是活呀，书籍命运的高端与人一样，就是顽强地活着"。"书的一个钤印，一个刻本，一个年份，一行字迹，都在文化字面的脊梁上，留下烧不掉、丢不了、碾不碎、化不去的文化记忆。"书籍乃至文化有着顽强的生命力，经得起时间的考验。它们在流浪和等待中，价值得到升华。同样，不只是书，不只是文化，也包括人的生命，都在低落和困苦中得到锤炼和提升。作者在呼唤我们重拾经典，重建人类的精神家园，希望我们能珍惜精神的财富和宝藏，用它们来滋养我们日益贫瘠的心田，让我们在浮躁的社会中能保持内心的真诚与良知，守护灵魂的栖居地。

　　旅美、旅中的双重身份和独特的生命体验使刘荒田先生用中西融合的视角和思维,以诗意的眼光去观察人生百态,以敏锐的触觉去感知人们的苦辣酸甜,透视多元文化下的美国社会里的各色人等的生存状态和精神境界,思索人及其创造的文化对人自身产生的影响。在他的散文中,"旧金山的一切日常生活、闲话、情思,具体到亲情、友情、爱情、文化、政治、经济、种族、信仰、人性等世俗常态均成为其关注的对象。作者的诗人眼光和艺术家情怀随物赋形,摇曳多姿"[①]。刘荒田的文字乐观、幽默、睿智、深沉,他以犀利的目光追随着"洋插队"的移民大潮,凝视多元文化的美国城区,解析中美文化碰撞、交融过程中呈现在个体生命身上的行为奇观,推导这些行为背后的复杂的心理状态。他在悲悯芸芸众生的同时,叩问人的价值判断和精神选择。《何处是归程》回忆了"记忆中的送礼人"——极力夸赞自己有出息的后代的伍先生,急于拿画作换生活费的画家,寂寞死去的诗人老南,叶落归根的房子的前主人C先生。"'何处是归程,长亭更短亭。'这些前辈或者朋友,都有'归程'。目的地并非近之'情更怯'的乡关,而是生命的终结。一部分已然抵达,另外一部分在谁也无法绕开的'路上'。"何处是归程,去?留?两栖?作者说,也许"归程至大的事,是心安……'大抵心安即是家'"。就像文中提到的

---

① 彭翠:《跨文化视野下的诗性探求——简评刘荒田散文集〈这个午后与历史无关〉》,见《海南师范大学学报》(社会科学版),2013年第4期。

托尔斯泰的《复活》中所说的,"返回自己的内心,坚守自己的精神本性",也许这才是真正的归程吧。在《造句操练》中,作者用幽默调侃、睿智犀利的笔调把世事分成了两类,在让读者觉得有趣的同时,引发了读者对人情世事和文化的更深入的思索。《一杯喝了十年的咖啡》描述了旧金山一个住宅区里一家咖啡店附近的各色人等的日常生活的细节。作者在每一个闲暇的瞬间,观看风景人情,寻找人生的诗意,体味生命的美好。《核桃溪秋光·曙色》讲述了作者在核桃溪女儿家陪伴婴儿的乐趣,文中呈现的生命和景色的美好让人心存温暖和感恩。

青年河的《失玉之际》探讨了传统文化对我们生命的积极影响。文中的玉曾是理想、信仰、纯洁的赤子之心的象征,而如今"喧嚣、浮躁的风让玉的叮当声浑浊不堪",佩玉者不再是有德的谦谦君子。玉曾作为中国文化精神的载体,寄托了人们心中所有的美好期待与哀伤,但这一高尚之物在物欲横流的社会中慢慢失去了它原有的品质。它本是纯粹、洁净、超凡脱俗的,而如今,人的精神的匮乏、肤浅和虚荣,都让玉沾染了世俗之气。古人对玉充满敬畏,曾几何时,玉是人和自然产生契合与共鸣的象征,是君子道德纯真高尚的象征。现如今,我们却在慢慢地失去它,失去了人性中美好的品质却没有察觉。"玉在流浪,人在无目的地奔走。我们都丢失了那枚玉。"本来，作者的长祖父把一枚祖母绿传给他，希望他"把家族的淳朴、正直的君子之风永久地传下去"。但是，由于他德薄缘浅，它丢失了，"它追寻识它的人去了。它走得干净、利索，就如它的美好品质。它要走，谁也无法阻拦，也阻拦不下"。文中的玉象征着家族的传承、兴衰及和睦，玉的丢失使作者觉得，"我把我的家族的历史给弄丢了，我把我的家族的走向给迷失了。我的家族陷入一团迷乱之中，矛盾重重，格斗蜂起，破败之象此起彼伏"。玉纯洁的秉性被世俗玷污、亵渎，祖先们对玉的虔诚、敬畏之心开始失去，现在玉都不愿再对我们叹息，"玉绝尘而去，带走了这个世界上最美好的理想"。"缺少了瑰丽想象的我们离开这块石头越来越远。""玉的光华照着人的无知的悲哀，玉的光华照着人心的苍白、空虚。玉的光华只有天、地才看得到。玉的光华，只有玉知道。玉的孤独，没有人能知道。"作者一直惋惜"玉不见了"，也许不见了的是我们对万物纯粹、虔诚的心。最后，作者另遇一枚玉，开始平静地反思自己内心的污浊，追求生命本身的纯净。"这枚玉已走进我的内心的最深处，温润我的心，成为我的心。""佩这枚玉，是多么奢侈，这是一个内心贫瘠的人的奢侈与荣光。在这枚玉面前，我的内心静了下来。我向着淡泊、从容走去，向着至玉走去，因为我内心怀玉。"

在闫文盛的《恋爱絮语》中，他像一个独语者，把自己的灵性赋予万物。他更倾向于一种向内的倾诉。他注视生命中与众疏离的不易为人察觉的部分，安静地感受生命和生活的真谛，抛却文字的外在流畅的表达形式，剖析丝丝入扣，在幽暗细微处揭示真理，直达人的内心深处，释放出一种言说的力量。我们很多时候都在孤独地思考与前行，闫文盛的文字像拥有一种力量，让我们在疼痛和彷徨中感悟人生，在精神探幽的举步维艰中获取启示和安宁。他的书写是意识飘荡游走的真实感受和情感滋味的体验。他的思维的跳跃性很大，纵横辗转，收放自如，其文字以跳跃的方式呈现在读者面前，给传统散文创作注入了几多新鲜活力。

晓寒的《灯光遗落在时间的皱褶里》以尖锐的直觉去讲述生命的体验，并引领读者去观察和感受这个世界。作者的思想像流淌的河流，在黑暗中涌动。他的听觉和幻觉变得十分敏锐，在自己的世界里尽情徜徉。"我就坐在我的灯光里，我的精神殿堂里，做我自己的堂主。"作者怀念家乡的母亲的灯，它在其心里成为永恒。作者在灯光中不断地思索人生与生命：只有心里点亮一盏灯，让自己发光，才能拯救自我。灯光不但能照亮自己，"也照亮了一个又一个人的魂灵"。因为有了灯光，我们的寻找才变得更有价值和意义。灯光与生命和人生有着某种心灵上的契合，"在灯光影像下，竟也流动着生命的生死契阔"。就如同作者所说，"谁也无法决定生命的长度。我们应该感恩每一盏灯光，是它们，让生命走向流光溢彩"。

冯六一的《碎镜子》诉说了城市化进程中遗失美好的无奈，"面对熟悉而即将消失的场景，我心底充满了一种惆怅和茫然，目光在凌乱不堪的废墟上逡巡，试图搜寻到一些值得留驻的东西"。废墟上的镜子勾起了作者对东井岭原来的风土人情的怀念：尹姨驰敬奉菩萨、民工发现荒冢、船工抓阄分房、男女老少挖掘地道，孩子们在地道中探险和玩耍。作者的回忆充满着感伤和留恋，"过去的生活无法还原，已经断裂成了星星点点的碎片。但那面遗落尘土上的碎镜子，像过去的日和月，像过去的眼睛，在行将被黑暗淹没之前，仿佛还在窥视着什么，而诱惑我们叙说的语言，同样面临着破碎的危险"。他的笔端流淌着对如今城市化进程中逐渐消失的东井岭原有情韵的惋惜和无奈，抒写了自己对故园的无限怀念和依恋之情。

以文学的形式叙述抗战不同于社会历史学对抗战的科学定性，文学所特有的审美性、主体叙述的情感性以及人物形象的虚构性应该赋予抗战叙事话语以更大的空间。徐锦庚的《渊子崖：一个村庄的抗战》作为一篇抗战题材的作品，具有极强的文学性和艺术感染力。作品的语言简练有力，人物形象鲜明，叙述节奏紧凑，生动地展现了渊子崖村民凭借简陋的土枪、土炮、砖头、棍棒等奋起杀敌、不屈不挠地反抗侵略的悲壮历程。作品重在表现我们中华儿女顽强不屈、同仇敌忾、誓死保卫家园的精神，深入揭示了战争中的精神意志的强大作用，也让我们对革命、牺牲、信仰等有了更全面和完整的认识和体会，使我们在感受战争、英雄和牺牲奉献精神之余，对现实进行反省。

在当今社会，人们处于一种极度迷茫和浮躁的状态之中，为物质而忙碌，为生存而奔波，为外物所奴役。但人毕竟是有灵魂的，人类生存的痛苦并没有随着物质的丰富而得到解决，反而日益加剧和强烈。在这样一个时代和语境中，依然有人在执着地思考和追问精神和灵魂的问题，在真诚而严肃地关注人类的未来和生存前景。因此，作家的书写变得更有价值和意义，读者对写作者的期待实际上是对深刻的思想与担当精神的诉求。人类生存的意义到底是什么？进入21世纪之后，依然有许多人在散文中继续思考这一问题。像李达伟的《大地辽阔》、凌鹰的《女书女人》、蒋新的《流浪的名著》、青年河的《失玉之际》、刘荒田的散文等，都从文化的角度对人类的生命和生存进行了多角度的思索；闫文盛的《恋爱絮语》和晓寒的《灯光遗落在时间的皱褶里》诉说了生命的体悟和感受；冯六一的《碎镜子》倾诉了对诗意栖居的向往；徐锦庚的《渊子崖：一个村庄的抗战》则传达了精神力量对于战争乃至现实生活的意义。他们都保持一种仰望的姿态，将自己的生存之根深扎于大地，用虔敬的态度倾听生命行走的声音，感受生命的荣枯轮回。他们坚持着对生存和生命意义的探寻以及对灵魂栖息地的守护，指引我们在令人目眩神迷的现代社会中坚守纯净、圣洁的灵魂。他们以诗性的语言表述着自己对生命和永恒的体悟与追问，以诗意的方式守护着人类的精神高地。他们用文字和精神的力量滋养我们日渐枯竭贫瘠的心田，使得我们在阅读时获得灵魂的安宁。

多变与绽放
——容铮散文小窥

正如容铮自己所说:"我要揭示一种生存方式,试图向身边的人们表明,一个人活在世上,不一定非得陷在利益之争、虚伪、虚荣、冷漠、单调的生活重负里,还有另一种可能,允许你的心灵感受爱、拥有诗意的美,只要用心去生活,世界对你来说就会是另外一个样子。"在他的散文中,不论是对温情的回顾,还是对生命的焦虑与迷茫,却"总能在受伤后,唱一首干净优美的歌"。如果只是揭示伤疤,看不到美好,那算不上一个好的作家;但仅有单一美好的精神特质,创作难免会显得单薄,而自由多面的容铮给我们展现了复杂多变的风貌。

在容铮的散文中,"鬼、墓地、地狱、黑暗、死亡、消失"等意象或词语的出现,使文本呈现出一种诡异、阴暗、怪诞的色彩。而另一方面,文中老人、女人、动物等温情的形象却又展现了作者清新、温暖、悠扬绵长的叙述风格。如果说"游魂、尸体"等意象让我们看到了作者"自啮其身"的苦痛和自我解剖的勇气，那么那些熟悉又陌生的温情形象则让我们看到了更为完整的容铮的精神世界。容铮的不少散文中都有一个女人的意象，这个女人有时是逝去的恋人，有时是自己的长辈，有时还是陌生人。就像《一个女人》中所说："一个女人就是所有的女人，所有的女人也就是她。"他用细腻的笔触温柔地描述她们的眼神、发辫、神态和动作，让我们感到既亲近又模糊。作者像一个分裂的独语者，与自我、本我、超我乃至广袤的内外宇宙对话，将其内心深处朦胧、混沌不清的心理状态、生命体验和外部世界深蕴的生命哲学意味融为一体，因此其散文诗的意象在感性形象和理性思考的融合与交错中愈发彰显其浑厚丰润。容铮的《冰簪》《但夜幕依旧像昨晚一样降临》《火焰的秘密》《黑暗》《炎夏夜晚》等诸篇散文中的各类意象链接了丰富的生活经验和纷繁复杂的情感感受，经过作者的局部变形与改造，增强了阅读的冲击力，也充分激发了读者的审美想象力。

　　意象的多样性为作者更好地表现复杂的现代生活与现代人瞬息万变的情感提供了支撑。在容铮的笔下，感觉的陌生与熟悉、感受的自信与怀疑、模糊的个体与群体、自我与他人交织在一起，充分体现了哲学的悖论与统一。"一粒沙里见世界，半瓣花上说人情。"容铮对万物的感受非常敏锐,于细微处捕捉诗意,对生命充满哲理性的思考,其语言和叙述含蓄蕴藉,富于暗示性,传达出作者多层次的意识形态和对世界万物多义性的认知。

超越日常生活的诗意的情感会更具生命力和感染力,容铮在对日常事物和情景的描述中,自然地渗透了抽象的情感和体验,从而超越了具体可感的表象,使其饱含了具有精神意义与超感官的内容。作者在诗意的吟味中追求更深刻的情感抒发和理性探索,这样比直接的表达和抒情更具有表现力和张力。在容铮的《衰弱、疾病、爱情》《井底之蛙》《缓缓踱步》《玻璃杯》《群鬼》《血狼》等散文诗中,作者大量运用了象征的表现手法以及超越某种经验、情感的具体过程或直观的表现形式,深刻地展示了现代人对生存境遇和自我深层心理的探求或对现实的深入思考。

容铮的散文借助意象、独语、暗示、通感、象征、氛围营造等诸种手法的交错运用,艺术、隐秘地揭示了包括作者在内的现代人内心的焦虑和痛苦、尴尬与彷徨,让我们感受到创作者内心失意和苦闷及热忱和希望并存的焦灼状态以及复杂、矛盾甚至充满悖论的反讽意味的审美意识和认知。容铮的散文多用叠词、排比、短长句结合等舒展自然、无拘无束的语言去契合内在跌宕起伏的情感节奏,很好地展现了作者内在精神的流动。散文似的描述语句、诗歌似的精练词语与叙述句群的出现以及精巧、具象的描写更加深入地展现了作者隐蔽的思考,直击人的灵魂深处,既叩问、反省了自我的心灵,又解剖、展示了他人的灵魂。容铮以独有的语言方式和审美视角完成了对自我精神的反思、救赎与升华,其对社会和人生的理性观察、批判、觉醒与希望也凸显了强烈的个人色彩和哲理性的精神追求。另外,从容铮的文章中,我们还能看出其对西方文学涉猎之广博。由此可见,容铮是一个年轻的、勤奋的、充满想象力和潜力的作家。他如同一棵旺盛的植物,不断汲取广袤大地的能量,肆意生长,尽情绽放。

郭沫若传记文学研究

郭沫若究竟是什么样的人,他在历史上以什么样的形象登场与谢幕,这是郭沫若研究界一直争论不休的问题。有的说他很伟大,有的则说他很平庸;有的说他是"青春型"人格,有的则说他是投机分子;有的说他是敢于创造的天才,有的则说他是御用文人;有的说他是一代知识分子的楷模,有的则不以为然;等等。

郭沫若是一个巨大而复杂的存在,对他的个案研究,如同对鲁迅、胡适、陈寅恪等人的研究一样,有着说不尽的吸引力。郭沫若在学术界、政治圈和生活中究竟具有怎样的人格,在现代和当代文化界、知识界及教育界人士的心目中到底是什么形象,这是郭沫若传记文学的主要任务。

一、较有特色的几本传记（他传）

在郭沫若传记（他传）中有几本较有特色，现大体做一下阐述：

其一：形式的新（《郭沫若自叙：我的著作生活的回顾》，阎焕东编著，山西教育出版社2002年5月出版）。

本书最大的特点在于独创了作家评传的一种新文体——自叙体。自叙体是一种特殊形式的作家评传，其首先由编著者构筑全书框架，然后组织、串联，最后用经过选择、剪裁和适当调度的作家自叙作为原料，充实"内核"。编著者的评述以第三人称作为叙事主体贯穿始终，作家的自叙则用第一人称作为当事者的现身说法穿插其间。本书以浓缩的手法和自叙的形式，概要地介绍了郭沫若的生平和文学道路，包括他的故乡、家庭和留学生活，诗歌、戏剧及小说的创作，思想的转换和文艺理论的阐述。在写作方法上，编著者夹叙夹议，自叙和旁叙穿插其间，并加以必要的注释。这样的编著方式使自叙更趋系统性和条理化，且具有创造性。这本传记给人以新鲜、亲切与贴近之感，主人公的形象也让人印象深刻。

本书正文前的"郭沫若论"汇集了毛泽东、周恩来、邓小平、邓颖超、茅盾、老舍等对郭沫若的回忆、评价、纪念性文章的摘要,是现在的读者很难见到的珍贵史料,有助于读者更深刻地了解郭沫若在抗战时期特殊而重要的地位,也由此让读者对其在新中国成立后的种种表现与际遇有了更多的理解与感慨。

其二:表现的深(《郭沫若的最后 29 年》,贾振勇著,中国文史出版社 2005 年 8 月出版)。

郭沫若留给后人的不仅有巨大的文化财富,还有晚年的悲剧历程。他的内心世界是一座巨大的冰山,我们能够看到的只是露出的一个尖顶。生活的沧桑把他的性格打磨得滚圆,但他依然在历史的夹缝中显示出具有棱角的个性。从《郭沫若的最后 29 年》中,我们可以聆听到郭沫若在历史的夹缝中流露出的心灵絮语和那来自历史深处的遥远回响,它告诉我们怎样一点点地去努力接近那块永远的处女地——真实。

真实是所有存在及真理中的最深刻者。在《郭沫若的最后 29 年》中,作者没有太多的拔高、总结和升华,而是让真实的历史错落有致地在读者的面前展开,大量的笔记、日记、札记、人物谈话、研究文章、回忆录等这些历史细节把一个真实的郭沫若描绘得有血有肉……在《革命文化的班头》一章中,作者以郭沫若的五十大寿为中心点,发掘出了郭沫若对多年前一次算命的"耿耿于怀"、两次回国的巨大反差、国共两党对他的不同反应及其自身性格的细微变化等,从作者的字里行间，我们可以看到，这个一代巨擘在何去何从的历史十字路口是经过了怎样痛苦的心灵挣扎才最终选择了自己一生的方向的呀！

　　本书的作者通过自己独特的视角和严密的逻辑思维，从纷繁的事件背后，厘清和整合了一些细枝末节间的重重纠葛。在《与毛泽东的诗词唱和》一章中，"辨析郭、陈关系，不是本书任务。笔者所感兴趣的，是郭沫若在对《再生缘》的研究中，既感受到了这部弹词和自己的叛逆性格、浪漫气质的共鸣，又找到了和主流政治意识形态相似的价值取向"。在《"蔡文姬就是我！"》一章里，作者特别强调了郭沫若对《胡笳十八拍》的强烈感情；在《沉痛，沉思》一章里，作者又专门分析了郭沫若对李白和杜甫的不同情感。这些独特的视角使郭沫若的形象具有了历史人物的还原色彩。通读全书，读者会从那既饱含感情又严密谨慎的文字中感受到一种巨大的逻辑力量，因为书中没有一个细节是孤立的、没有意义的。在《"蔡文姬就是我！"》一章中，作者把郭沫若写《蔡文姬》前后的广州之行的独特感受，写《三个叛逆的女性》时的阴差阳错的历史机缘，对《胡笳十八拍》的强烈感情倾向，和周恩来、田汉、陈明远等人的交往，徐迟对《蔡文姬》的独特批评以及郭沫若对剧作的修改等一系列细节错落有致、井然有序地安排在一起，真实地呈现出了郭沫若在意识形态的压制之下怎么通过《蔡文姬》之"酒杯""浇自己之块垒"。

细节往往指向宏旨,正像"背影与长廊"书系的总序中说的那样,"所谓的内心考古学,不过是发掘细节","意义早已溶解在了至高无上的细节之中",这部著作正是通过对细节的巧妙、勇敢和有力的把握,努力地接近了历史原生形态的真实。新中国成立以来,郭沫若始终小心翼翼地把握时代跳动的脉搏,特殊的身份、特殊的影响使他在每一次历史波折中都如坐针毡。郭沫若注定要成为新中国革命和建设的不平常历程的一个标本。透视郭沫若的一生,后人能看到那种久违的真实,邂逅一次真切的感动和复杂的情感波澜。

其三:褒贬的准(《二十世纪文学泰斗:郭沫若》,魏红珊著,四川人民出版社 2003 年 8 月出版)。

这是一本郭沫若"通史",作者没有因为为郭沫若"立传"就完全拜倒在他面前,也没有因为站在已经垫高了的历史之上就对其百般苛求。全书凸现的是郭沫若作为诗人、学者和战士的文化品格,展示了其独特的个性风采。

首先,郭沫若是开一代诗风的浪漫主义诗人。作者认为,诗集《女神》的问世,"使得文学表达方式产生了新的活力,并为当时的白话诗人做了开山劈路的示范","从而实现了中国诗歌艺术的一次伟大变革"。同时,作者又实事求是地批评了新中国成立后的郭沫若的诗作,"更多的是应时应景之作,艺术上不足观",客观地评述了郭沫若诗歌创作的得失。

对于作为史学家、古文字学家的郭沫若,作者重点解读了其"博古通今、学贯中西的学术素养"及其坚持真理、修正错误的学风。对于作为战士的郭沫若,作者认为其从随师北伐、参加南昌起义、请缨抗战到新中国成立后驰骋政坛,终其一生为中国的革命与建设事业做出了不可磨灭的贡献。

作者在纵览了郭沫若"跌宕起伏的人生"之后,深刻地指出了其"是中国文化向现代化转换时期的一个标本","他的哲学观念、社会观念、价值观念的几经转变都应和着现代中国发展的起伏变化;他狂飙突进式的激情与20世纪的中国与时俱进"。这些概括反映了作者对郭沫若的人格与学识的精深的考察,也体现出作者高超的理论修养与综合功力。

其次,作者对郭沫若在新中国成立后特定的社会、文化、政治语境中的成败得失进行了入木三分的剖析。此时,郭沫若正步入人生的巅峰期,一方面要"主政共和国的文化建设",另一方面对于党和人民的信任"既深怀感激又如履薄冰"。郭沫若的特殊身份,使他在"紧跟"主潮时,"不知不觉地走上了官方代言人的轨道,自觉成为当时主流政治话语的一位积极承载者"。作者从郭沫若无奈地"为自己涂上保护色"的变了形的形象中,进一步概括出那个时代知识分子的尴尬、局促的境遇:"一方面总是想保持自己思想上的超越和精神上的独立,不落入蝇营狗苟的世俗政治纠纷中；另一方面，又忍不住要借助现实政治，特别是强势政治人物，来实现自己的所谓政治抱负，让自己的思想发挥出政治穿透力。"而"老年的郭沫若在保持精神的独立和实现自己的政治抱负方面未能获得平衡。这是他的失败之处"。

从平淡的纪事升华到哲理的思辨，从郭沫若的晚景折射出一代知识分子的"集体无意识"，这是此书对以往的郭沫若传记作品的很有色泽的理论超越，它多少呈现了作者的胆识与睿智这一亮点。但遗憾的是，这个"亮点"在全书中还略嫌微弱，尚未形成一道有穿透力的、刺目的光波。

再次，作者特意辟出专章抒写郭沫若的浪漫的情爱生活，这也是在过去这类传记作品中所罕见的。作者坦言："事业并不是一切。爱情，是他生命中的又一个主题。诗人似乎更渴望爱的滋润，情的浸养。极富浪漫色彩的情爱生活，是郭沫若人生的另一个重要的层面。"作者还指出，郭沫若虽说"有着道不尽的情爱缠绵，说不清的恩恩怨怨，诉不完的悲欢离合"，但他"自始至终对女性深怀感激"。女性的爱的魅力，"引发了郭沫若心中蓬蓬勃勃的诗情"。是的，文学家的创作灵感不啻是源于现实生活的启迪，疯魔的爱情有时更能激发他们创作的热情。作者在这里已经真切地道出了个中况味。

二、知识分子与"脱不掉的红舞鞋":郭沫若传记研究展望

在 20 世纪的中国文化名人中,郭沫若是最有研究价值的代表人物之一,也是被研究得最不充分的一位。在郭沫若传记研究中,我们要有一种打通新中国成立前后的勇气,不要把其前半生与后半生分开,以为一个是"光荣、伟大、正确",另一个是"萎缩、渺小、错误"。其实,郭沫若在《我的童年》中就像先知一样为自己的一生写下了判词:

> 我母亲说我受胎的时候,是梦见一个小豹子突然咬着她左手的虎口,便一觉惊醒了。所以我的乳名叫着文豹……八儿虽然说是"豹子投胎",但他年幼的时候,可以说只是一匹驯善的羔羊,就是他半生的历史,也可以说只是一匹受难的羔羊一样。①

早在五四时代,郭沫若如闪电霹雳般登上诗坛的时候,其文化缺陷就已经隐然可现。虽然他激情万丈地高呼打倒偶像崇拜,要做吞掉月亮的天狗,但越是高调越显得底气不足。他留学日本,接触到的却是非驴非马的文化的怪胎,天皇崇拜、茶

---

① 郭沫若:《少年时代》(沫若自传·第一卷),新文艺出版社 1954 年版,第 13 页。

道、武士道、相扑、艺妓、泯灭人性的军国主义和面目狰狞的科技主义，使得郭沫若的文化构成存在着先天的不足。郭沫若没有接触到真正的西方现代文明，没有现代自由意识作为参照，既难于确认自我的价值，更不可能建构起现代的政治理念。在文学领域，他还可以凭借天才登高一呼，一举成名；在政治领域，他却不由自主地成为台前木偶，演出一幕幕的笑剧。

周恩来说，"有人说，学术家与革命行动家不能兼而为之，其实这在中国也是过去时代的话。郭先生就是兼而为之的人"[①]。我们毫不怀疑周恩来说这句话的真诚，但这也恰恰揭示出郭沫若的悲剧所在——将为人、为文、为学、为政搅成一团，终于导致了其独立精神和文化人格的失落。

与其质疑、斥责郭沫若的为文与为人，不如换个角度剖析"郭沫若现象"：把郭沫若作为一个生活在19世纪末到20世纪70年代的中国知识分子加以考察，我们可以看到他身上所折射出的中国知识分子的悲剧，这就能为今天的知识分子找到一个安身立命的根基。这种悲剧在每个知识分子身上的表现千差万别，而郭沫若因为经历和地位的特殊，就有了一种典型意义。

记得曼海姆有过这样的观点："知识分子不属于任何特定

---

① 余杰：《铁屋中呐喊》（修订本），当代世界出版社2004年版，第79页。

的经济集团,他们所以构成一个独立的阶层,是由于他们恪守知识和思想的信念,以极强的自觉意识承担着社会发展的责任,肩负着人类的道义。"① 爱默生也说:"人文知识分子不应该把对知识的追求当作获取报酬的职业。追求知识和真理是不可能为他带来任何世俗世界中的物质利益的。他只能依赖另一些职业生存,例如充当灯塔守望者。"② 但我国的知识分子似乎只能像贾植芳先生说的,永远也摆脱不掉政治情结这只"红舞鞋"!在郭沫若传记中,我们需要探寻的是,在20世纪漫长的炼狱中,郭沫若有着怎样的心路历程,这些对以后的知识分子能有哪些可以借鉴的。

---

①② 余杰:《铁屋中呐喊》(修订本),当代世界出版社 2004 年版,第 81 页。

《被复习的爱情》的女性主义解读

在社会转型和多元文化的冲击下,女性写作呈现出了更多叛离的声音。随着女性作家对"男权社会"认识的日渐清晰,女性写作中对两性关系的书写表现出更深刻和复杂的矛盾性。她们开始摆脱边缘和附庸的地位进入更广阔的外部世界,从对一己的自我观照中抽离出来,将目光投向了对人生和命运的思索。东紫的《被复习的爱情》讲述了女性追求自我和幸福的悲苦历程,表现了她们对未来出路的迷惘和困惑。

一、复习初恋的幻灭:爱情启蒙者的退缩

文中的梁紫月的初恋——牛扶是作为她爱情的启蒙者的形象出现的。牛扶是一个音乐家,才华横溢,富有激情。他的出

现点亮了19岁的梁紫月的生活。牛扶对音乐的感悟、激情和他的修养与风度在一刹那间击中了梁紫月,俘获了青春期的紫月的心。与其说梁紫月爱牛扶,并把他当作自己从19岁就开始努力的目标,不如说牛扶是当时那个年轻女孩对美好爱情幻想的投射体,梁紫月将自己对爱情的美好愿望都投射到了这个引导她体味生命内涵的男人身上。

牛扶的出现为梁紫月打开了一个新奇的世界,她将对这种世界毫无经验的认知和自我的想象相叠加投射给了他。这一过程对梁紫月来说是非常甜蜜和兴奋的,因为这让她重新认识到了隐藏在身体里的那个完全不同的自己,以致于后来她在婚姻中受到伤害后,很自然地想到去牛扶那里寻求新的爱情和抚慰。即便十几年过去了,梁紫月仍愿意为牛扶付出一切来验证爱情的无私与伟大,用自我献身的精神来表达对神性爱情的膜拜。

女人不能没有爱情,"男人的爱情是男人的生命的一部分,是女人生命整个的存在"①。梁紫月在遭遇了丈夫的冷漠和强奸后,对爱情的渴望更加强烈。她要去复习爱情,复习初恋!她将这种被男性权力中心反弹回来的火一样的情感寄托到了牛扶身上。

但是对"把爱情这个字眼看得太重太重了,重得足以把自

---

① 王绯:《女性与阅读期待》,陕西人民教育出版社1998年版,第84页。

己淹死"①的女人构成反讽的是,男性在相同关系中对于"性"的欲望更强烈、更感兴趣,或者说他们更重视社会价值关系中最实用的那一部分。牛扶得了胰腺炎,需要作为医生的梁紫月的人际疏通和帮助,实际上他想要的不仅仅是像梁紫月心中的那种不管不顾的单纯的爱情,他在两性关系上是相对理性的。从19岁的梁紫月向他表白时他的回避到面对十几年后梁紫月更加炙热的情感,他都表现出了一种保守的防范态势。知道自己的病情后,牛扶脆弱得像个孩子,时刻担心自己的身体会全面下岗。背部瘦弱的凸显的骨头,肩膀上嶙峋的关节,都让这个被梁紫月附加了各种意义和期望的男人显得外强中干、不堪重负,就像文中描述的一样:"牛扶沉默着,把两只手交叉着放在腋窝里。他的理智和人生经验让他在梁紫月的爱情里保持着淡定和淡然。……尤其是梁紫月这样的女人,他是看着她长大的,虽说不是天长日久地盯视着,也是逐年扫描着,他知道她是属礼花的,一旦被点燃,她只有一个方向一个姿态——蹿上天空绽放。他原本是喜欢这样的女人的,但他渴盼点燃她的年代已经过去了。他已经没有破坏规则的勇气了。更何况,他不愿意让她看见自己的衰弱。"②即使后来梁紫月

---

① 宗仁发、林建法主编:《真爱·C卷》(世纪名家品荐经典大系),时代文艺出版社1995年版,第150页。
② 东紫:《被复习的爱情》,二十一世纪出版社2012年版,第64~65页。

将他带到宿舍主动勾引他时,他也是"闭着眼几乎是哀求地说,以后会有机会的,以后会有机会的。他一动不动地仰着,盯着她的天花板"①。这个常被日渐迟暮的恐慌俘虏着,为关键时刻睡着的那个最该精神抖擞的部分而焦虑的男人,担心他的物件的退缩,尽力维护着那份属于男人的最起码的自尊。

但是梁紫月却体会到了有爱的性的满足。她知道"有爱的性对女人来说意味着什么,它就是银针,扎在你的神经上,灸疗你对这个世界的失望"②。

梁紫月用身体来祭奠她神圣的情感,来灸疗她对这个世界的失望。但是男性和女性在心理和生理上的差异注定了两性关系中的不同步。女性渴望情感的饱满生动的状态在溃退、畏缩、漠视的男人那里成为一个空洞的指向。当好友箫音自杀后,梁紫月感到了内心的无助和恐慌。她想向牛扶寻求安慰,而"老驴"只回了三个字:"自己摸!""自己摸!梁紫月默念了三遍,才明白了老驴的意思。她全身的血都凝滞不动了——这就是她念念不忘的爱情吗?这就是复习的结果吗?"③梁紫月对爱情的美好愿望在牛扶那里灰飞烟灭,两个人在两性关系上的不同需求和认知,宣告了这场被复习的爱情的死亡。

---

① 东紫:《被复习的爱情》,二十一世纪出版社2012年版,第70页。
② 东紫:《被复习的爱情》,二十一世纪出版社2012年版,第75页。
③ 东紫:《被复习的爱情》,二十一世纪出版社2012年版,第87页。

女性对于在知识话语方面占据主导地位的男性充满憧憬、爱慕和渴望,他们曾经是她们爱情最初的全身心的投射对象和神性之爱的献祭对象。当这个幻想破灭后,破碎的憧憬促使女性对爱情有了清醒的认识,从而成熟起来。在这个过程中,她们曾小心翼翼地寻找和选择与自己的灵魂和身体相契合的那个伴侣,并为寻找一份可能的情感幸福而不断努力,而最后的结果很可能是,这种默契和爱意经不得现实的一点点风吹雨打和跨出两情相悦、床榻卧室外的一点点考验。

二、死亡宿命的启示:姐妹情谊的消解

本来,姐妹情谊是女性共同对抗世界的武器,她们常以此来抵御自己发自内心的恐惧和来自父权社会的摧残。文中的姐们情谊是维系梁紫月情感生活的重要支柱,尤其是箫音对她的无私付出和关爱。但是,随着箫音的死亡以及好朋友们在箫音家门口的痛哭和分离,姐妹情谊的力量被消解,她们对所谓父权社会的反抗显得苍白无力。

箫音因为小时候父亲的出轨和母亲的自杀对爱情和婚姻产生了强烈的怀疑,选择了在不同的男人之间周旋。她为了利益和需要去接触男人,本来不再相信爱情,却被没有血缘关系的弟弟 20 年的执着的爱颠覆了情感世界。她一方面为自己的衰

老和落寞感到恐慌，另一方面又因被弟弟纯洁的爱折射出的自己肮脏的情感过往而感到绝望，最终选择了自杀来解脱自己。

梁紫月的朋友本来是她在爱情幻灭时最重要的情感支撑和依靠，但是她们自身的爱情也同样无处安放。辛如嫁给了比自己大20多岁的大款。在社会权力结构的笼罩下，这一部分拥有强烈支配权的男人借助地位、资源等力量优势，将女性置于"物化"的位置，带给女性肉体与精神的双重伤害。"凡是需要她出现的时候，他都会在旁边严格地监督她化妆穿衣，他指点着让她把自己化成他喜欢的模样——上唇人中处的唇线不能太尖太硬，要有弧度——要柔和才能和你的气质配起来，才能够和你民乐演奏家的身份配起来。"[①] 辛如成了这个男人显示自己身份的一个附件，成了他炫耀的一个物品。当她想逃脱这种婚姻关系的时候，却因为母亲巨额的医疗费而又回到了那个没有爱情的家。她的反抗在现实面前夭折了。张燕爱上了一个已婚男人，为那个男人伤害自己的身体，为了爱情义无反顾，却最终也无法成全爱情。

姐妹们之间的互相慰藉并没有拯救她们对爱情和世界的绝望。箫音的死亡或许有些极端，但正是这种极端的处理使得这部小说的悲剧色彩更加浓重。

---

① 东紫：《被复习的爱情》，二十一世纪出版社2012年版，第42页。

三、诗意的写作：唯美的欲望叙事

东紫用诗意的语言和细腻的表达，把两性关系描写得既纤细又震撼人心。她犀利地窥见了男性背后的卑琐和懦弱，展示了女性反叛男权传统、审视自身的决绝和勇气。她以唯美的写作态度把现代社会中人们难以启齿的经验写得既美好又悲凉。她笔下的欲望叙事由于诗性语言的运用而显得纯粹和富有诗意，从寄满情思的阳具雕塑到夏天夜里梁紫月身体欲望的荡漾再到梁紫月与牛扶性爱的细腻感触都描述得充满美感，这一审美高度，是惯用粗俗的秽言亵语进行露骨煽情的色情描写永远难以企及的。

东紫在描写两性关系时，将女性反客为主为欲望的主体，她的主人公不再扭扭捏捏地被传统所束缚，而是勇敢地表达着自己对爱情的追逐，这种颠覆传统的叙事方式与总是将女性当作被玩虐的欲望对象的写法有着天壤之别。东紫的欲望叙事包含着更丰富深刻的历史文化内涵，文中夏夜的那场婚内强奸，体现了她对男性霸权话语的大胆控诉。陈海洋的强奸是他对自身男权主义的维护。他在梁紫月的诉求和哭涕中感受到自己的男性话语权受到了侵犯，因此必须用强奸这个行为来证明他不可动摇的男权意识和他对两性关系的绝对控制权。梁紫月对婚姻的绝望和对初恋的复习也是其对长期被剥夺的女性话语权的有力争夺。文中对男权性禁忌的彻底解构,也是对女性长久被压抑的生命本能的全面释放,体现出无所畏惧的女性主义倾向。

《被复习的爱情》中描述了两性的激烈对峙和隔阂以及女性的批判与反抗,她们不是简单地、歇斯底里地痛斥他们,而是用行动与精神的力量去追求自己想要的东西。其实,女性不必有意地、弱不禁风地生活于男人的羽翼和庇护下,也不需要故作坚强地把自己伪装成铁骨铮铮的男儿,而是应寻求更大的精神力量去实现女性的自我救赎。

东紫的作品一直努力实现女性在传统与现实困境下的自我救赎,虽然这条荆棘密布的救赎之路走得很艰辛,然而她的追寻是充满希望的,展现了她对当代文明语境下女性独立解放的思考,也是在当前多元文化状态下对女性自身价值的有益探索。她在救赎之路上表现出的率性的真挚、虔诚的情怀和坚韧的执着,都让我们深深地感动。我们期待有一天能如波伏娃所说:"将来有一天女人很可能不是用她的弱点去爱,而是用她的力量去爱,不是逃避自我,而是发现自我,不是贬低自我,而是表现自我——到了那一天,爱情无论对男人还是对她,都将成为生命之源,而不是成为致命的危险之源。"[①]

---

① 〔法〕西蒙娜·德·波伏娃著,陶铁柱译:《第二性》(全译本),中国书籍出版社1998年版,第756页。

东紫细腻的语言使得她的小说呈现出一种非常唯美悲凉的画面感。她把生活真实的无奈和悲凉交给了文本,男女之间的两性关系的破碎和龟裂成为同时倾轧男女双方的社会机制和权力资本力量的横征暴敛,成为强权一方对于弱势一方的尊严的践踏和漠视。两性之间是否还能真正地和谐相处,怎样实现这种和谐相处,也许就是这篇小说带给我们的思考。

音乐真人秀节目差异化竞争策略分析

音乐真人秀节目自2004年《超级女声》以"草根"舞台为起始,引爆了中国音乐类真人秀电视节目,经过十余年的发展,至今已有《快乐男声》《星光大道》《中国好声音》《中国最强音》《我为歌狂》《我是歌手》《中国好歌曲》《跨界歌王》《中国新歌声》《蒙面唱将猜猜猜》等几十个此类型节目且收益都不错。我国此类节目蓬勃发展的时候,正是国家深化文化体制改革的时期,其从"一枝独秀"转而"百花竞春",繁荣了文艺界,受惠的是人民大众。虽然许多节目或模仿或借鉴或购买版权于国外的节目,但至少都做到了与本土化结合并形成了自己的特色,这才使得此类节目获得社会效益与经济效益的双丰收。笔者在中国知网键入"音乐真人秀""音乐选秀"等关键词，搜索到的结果多是关于某一档节目的解读，对于以比较的方法进行解读的文献资料并不多。在此，笔者从此类节目的差异化竞争策略入手，探讨相似节目在取得成功方面的竞争策略，以期为此类节目的发展提供理论指导。

一、研究现状与研究文献

（一）研究现状

自从《超级女声》火爆之后，就有许多音乐领域、传播领域、教育领域、艺术领域、美学领域、心理学领域、社会学领域及文化产业领域的专家学者及媒体从业者就此现象发表文章。随着音乐真人秀节目形式的不断发展与丰富，对此现象解读的文章也随之增多。目前，国内有许多学者发表了对音乐真人秀节目研究的论文，但大多数集中在音乐真人秀节目的发展路径、成功的原因和引发的思考及启示上，而对于同类型节目的差异化竞争的研究不多，对于"孪生兄弟"《中国好歌曲》和《中国好声音》的差异化竞争的研究也较少。

（二）研究文献

赵雨薇和饶琴的《从〈中国好声音〉到〈中国好歌曲〉——观看众多选秀节目有感》主要剖析两者成功的共同之

处；郭建民和刘靖华的《从〈超级女声〉到〈中国好声音〉——中国电视声乐选秀个案剖析》以个案的形式对各个节目进行剖析，对两者进行了比较分析；单湘珍的《中国电视选秀节目现状及发展方向探究——以〈中国好声音〉为例》从现状及发展方向方面进行解读阐释；丁红的《从〈中国好声音〉看电视选秀类节目的未来走向》从节目的成功之处入手，提出了我国音乐真人秀节目的转型趋势；马星的《从〈中国好歌曲〉看全媒体时代综艺节目推广传播策略》从传播媒介的运用入手，分析了《中国好歌曲》成功的原因。

（三）研究意义

本课题旨在通过对音乐真人秀节目类型的差异化分析，对比同类型节目的具体形式，找出各自的优点，希望能为此类型节目的发展提供理论依据，使节目精准定位，找到适合自身发展的多样化、差异化竞争之路，从而对中国电视节目的发展产生影响。

二、音乐真人秀节目的发展现状

（一）音乐真人秀的概念

音乐真人秀是"真人秀"的一个子集，是被包含与包含的关系。首先，我们来看一下真人秀的概念。在当今语境下，真人秀走入了"泛真人秀"的时代，使得其语义范围不断扩大。谢耕耘和陈虹在其著作《真人秀节目：理论、形态和创新》中这样定义真人秀："所谓真人秀节目，就是指由普通人而非扮演者，在规定情境中按照制定的游戏规则展现完整的表演过程，展示自我个性，并被纪录或者制作播出的节目。"[①] 从上面的概念中可以看出，真人秀节目是纪实性和规则性、戏剧性和目的性、原生态和拟化态的综合体。

音乐真人秀，顾名思义，是针对音乐领域制作的真人秀节目，其有真人秀节目的一般特征，但也有自己的特色。音乐真人秀的参与者须有一定的音乐表达能力，按照节目规则进行表演，然后由专家评委或者观众参与对其进行淘汰或者选拔，使其最终成为"大众明星"。这样的节目为音乐爱好者和具有音乐能力的音乐人提供了展示的平台，一出现就受到大肆追捧。

(二) 节目的发展现状

中国音乐真人秀节目起步不算晚，但一直处于不温不火的尴尬境地，直到《超级女声》出现，才第一次引爆了真人秀节目。这个时期的节目形式还处于模仿阶段，但经过十余年的发展和继

---

① 谢耕耘、陈虹：《真人秀节目：理论、形态和创新》，复旦大学出版社2007年版，第1页。

承,形成了今天多种多样的节目形式。以《星光大道》为代表的草根民众舞台火爆央视;以《我为歌狂》和《我是歌手》为代表的、明星歌手为"秀"的节目为卫视积攒了人气,提高了其收视率,也提升了明星自身的知名度;以《百变大咖秀》为代表的搞怪类音乐娱乐明星秀,借助化妆造型进行角色扮演以达到娱乐效果;以《中国好声音》和《中国好歌曲》为代表的专业选手,使得现已十分繁荣的音乐真人秀"蔚然成风"。

通过对音乐真人秀节目的梳理,我们不难发现,这些节目形式或借鉴或模仿或引进,真正意义上的原创节目可谓少之又少。

三、差异化竞争策略分析

(一)差异化竞争策略的概念

现代社会的消费观正伴随着物质的不断丰富而走向瓦解,现代商品销售要不断转换思维,从原有的消费观转向市场细分的小众市场定位。电视行业也是如此。靳智伟等著的《南方博弈:全球化语境下的电视竞争策略》一书中提到,"市场定位正确是任何企业发展成功的一个先决条件,包括媒体"[1]。定

---

[1] 靳智伟、华明、卢锋:《南方博弈:全球化语境下的电视竞争策略》,南方日报出版社2006年版,第176页。

位,是对于未来的潜在受众的分析整合。差异化竞争也就是按照潜在的受众进行定位,采取"敌无我有,敌有我优"的发展战略,形成自己的品牌,这样才可在日益激烈的行业竞争中处于不败之地。

郭庆光认为,"现代社会的消费传播正在越来越体现出差异化的特点"。每种传播媒介都有自己的传播特点,受众通过不同的传播媒介获得的信息也有差异,再加上消费群体的不同需求,进而呈现出消费的差异化,这使得市场被分割成不同的"蛋糕"。在电视行业,"同类节目的竞争,本质上是受众满意度竞争"[①],受众在接收节目的综合传播信息和收看电视节目时,会在心中有自己的审美期待,受众的满意度受审美期待达成的程度支配。因此,同类节目采取不同的竞争策略才可实现艺术的繁荣。

(二)"音""曲"之辨——两者的差异

1. 推出的机缘不同

音乐真人秀节目最早走向成功的要数《超级女声》,这档节目也可以说使得音乐真人秀开始走向"百花齐放",之后的《超级男声》《快乐男声》《唱响中国》等都是在《超级女声》

---

① 靳智伟、华明、卢锋:《南方博弈:全球化语境下的电视竞争策略》,南方日报出版社 2006 年版,第 41 页。

火爆之后推出的类似节目。但音乐真人秀节目经过发展，逐渐脱离了群众的视野，转向了"煽情、讲故事"占一定内容的虚假节目形式，再加上有"毒舌"称誉的评委及雷同化的节目模式，使得大众审美疲劳，甚至产生了抵触情绪。2011年10月，国家广播电影电视总局下发了限娱令，曾经火爆一时的选秀节目至此走到了谷底。当然，限娱令的出台对此类节目造成了"致命打击"，但真正意义上的"癌症"却是节目本身的缺陷。限娱令并不是不让电视台举办此类型娱乐节目，而是督促其进行整改，以使节目达到雅俗共赏，成为大众喜闻乐见的节目。

由灿星制作和浙江卫视携手共同打造的"大型励志专业化音乐评论"节目《中国好声音》，正是音乐选秀节目走向谷底后的一次雄起。这档节目的制作形式是：引进荷兰的一档歌曲选秀节目 *The Voice of Holland*（《荷兰好声音》）的版权，然后进行本土化改造，评委只凭学员的声音对其进行优劣评判。节目还一改以往此类节目中"毒舌"评委的犀利点评，转向以鼓励为主，同时用"转椅"改变导师因唱歌声音以外的其他因素对学员产生的"先入为主"的印象，成为真正意义上的以音乐为出发点的真人秀。

《中国好声音》自推出之后，就凭借其新颖的节目模式、精良的设备、一流的导师和顶尖的制作水平吸引了众多音乐爱好者积极参与其中，同时吸引了亿万观众，达到了音乐真人秀节目收视的巅峰。这一节目虽为众多的音乐爱好者提供了一个展示的平台，但其仅仅关注歌唱者的歌唱技巧和声音本身的魅力，所以节目中的歌曲也大多数为翻唱或改编，鲜有原创歌曲。而随着节目的持续播出，观众的审美水平也在不断提高，《中国好声音》这类单纯以"声"博悦的节目已无法满足观众的需求，由此《中国好歌曲》应运而生。

《中国好歌曲》的出现还有另外一个原因。《2013年国务院政府工作报告》中明确提出："扎实推进文化建设。把文化改革发展纳入经济社会发展总体规划，列入各级政府效能和领导干部政绩考核体系，推动文化事业全面繁荣、文化产业快速发展。"① 中央电视台作为业界的领头羊，其做法代表着社会主流意识形态及其发展趋势。顺应改革的潮流，中央电视台和灿星制作共同打造了原创音乐真人秀节目《中国好歌曲》，关注中国原创音乐及创作人，这是从根本上鼓励音乐创新和音乐原创的一个节目。

2. 节目的模式不同

《中国好声音》的节目模式引自荷兰，是对其 *The Voice of Holland* 节目版权的引进，受到其版权的制约，整个节目

---

① 温家宝：《2013年国务院政府工作报告》，见 http：//www.gov.cn/test/2013—03/19/content_2357136.htm。

分为四个板块,即"导师盲选""导师抉择""导师对战"和"年度盛典"。制作方引进的不单单是节目模式,其在国际社会形成的模式系统也一并引入。

  《中国好声音》中导师人选的确定也是按照版权模式,选取音乐领域的"一哥一姐"及受年轻人欢迎的歌手。节目伴奏则是现场演奏,既提升了节目的品质,又使现场具有感染力。担任现场演奏的是一线明星的伴奏团队,录音承担者是给王菲录音的李军,音响总监金少刚曾担任北京奥运会开、闭幕式音响总监。在节目录制过程中,导师在第一板块是看不到学员的样子的,只能靠声音判断优劣进行"盲选"。导师如果喜欢学员的声音,就按下面前的按钮转过身来,这时才能看到学员的"庐山真面目",并继续进行观看。一旦有两个及以上的导师为一个学员转身,那么权利就会翻转,由学员从转身的导师中选取一位。这种新颖的选取形式还是第一次出现在中国的电视选秀节目中,令观众耳目一新。同时,转身的导师为了让学员进入自己的团队,会"各显神通",使出自己的各种招数。那英与光脚学员黄鹤互动,自己也脱了鞋上台演唱《征服》"拉拢"学员,还说"去年我带出个小冠军";刘欢邀请学员作为嘉宾出席由俄罗斯皇家乐队担任伴奏的六棵松体育馆的跨年演唱会;庾澄庆表演摇滚手;杨坤搬出 32 场演唱会和 32 号战袍;等等。导师们为了自己喜爱的学员,不惜"争风吃醋",这无疑增加了节目的戏剧性及娱乐性，也为节目增加了看点。

《中国好声音》的学员的"寿命"并没有随着节目的结束而结束，而是形成了产业链：优秀学员签约，进行全国巡演；学员的"好声音"被制作成彩铃进行收费；学员与卫视签约制作电视剧；等等。这一方面延长了歌手的"寿命"，避免了其"昙花一现"；另一方面也为充分挖掘歌手的潜力打下了基础，减少了演艺公司的培训费用。

虽然《中国好声音》的模式受到版权的保护，但节目要想获得大众的欢迎，必须进行本土化改造。如我国的观众大多是感性的，会因为某个学员的坎坷经历而予以同情，留下共鸣的泪水。节目在制作中，由导师一问、学员一答间将自己的故事讲出来，避免了单纯讲故事的平白无力。在互动中讲故事，会使观众受到导师感动流泪等感情因素的影响，去接受故事。

《中国好歌曲》是由灿星制作和央视共同打造的原创类型的节目，整个节目完全按照我国观众的思维习惯和观看喜好打造，由导师盲选、主打之争和冠军之战三个板块组成，形式上与《中国好声音》类似，但二者有原创与引进的本质区别。

3. 节目的定位不同

《中国好声音》的定位是"大型励志音乐评论节目"，着重强调"声音"，志在寻找属于中国的"好声音"。

节目版权引自荷兰的音乐真人秀节目,其在荷兰就十分火爆,节目模式已经相当成熟。之后美国、澳大利亚、爱尔兰等国也引进荷兰的节目版权在本国进行制作,同样取得了相当好的成绩。此档节目专注于声音,学员声音以外的其他因素导师在第一板块是看不到或者说感受不到的。像有盲人"邓丽君"之称的心灵歌者张玉霞,为证明自己给前男友看的身高1.48米的任佳丽,还有身高不高、其貌不扬的哈尼族"小王子",他们都通过自己的歌唱获得了导师的转身,这些声音以外的因素不再是他们走向成功、追逐自己的音乐梦想道路上的绊脚石了。

《中国好声音》吸取了《超级女声》中"毒舌评论"的教训,改走亲情鼓励路线。如节目中有一位叫杨川的学员,由于紧张唱歌跑调了,最终没有赢得导师的转身,但依然得到了导师的肯定和鼓励。这种走亲情路线的鼓励式点评,恰好迎合了其节目定位。

《中国好歌曲》是中国音乐真人秀节目首次聚焦原创音乐,其以原创的节目模式获得了亿万观众的好评。纵观《中国好歌曲》出现之前的音乐真人秀节目的发展历程,学员都是翻唱或改编别人的歌曲,并且大多数都是在唱流行歌曲。而《中国好歌曲》的口号是"Sing My Song(唱我的歌)",它关注的不仅仅是歌手,还有歌曲背后的创作者——唱作人。这是这档节目鲜明的特色：关注原创音乐创作者及其作品。

《中国好声音》通过选秀，最终选出的是歌手，是声音；《中国好歌曲》则通过选取学员的优秀歌曲，加上导师的选择和强音PK，最后选取歌曲收录在导师的原创大碟之中。二者的区别在于：一个关注"音"，一个关注"曲"。

4. 播出的平台不同

《中国好声音》和《中国好歌曲》虽然都是由灿星制作联合电视台打造，但是这两档节目却在不同的平台播出，这样的选择不是偶然而是另有原因。

《中国好声音》在前期制作中需要投入大量的资金，这是由版权制约的。它需要按照原版的舞台音响等节目模式来录制节目，包括担任录音的顶级录音师，担任演奏的一流乐队，以及从英国空运而来的转椅。前期这样巨大的投资，需要电视台有强大的经济实力。网友@微博爆料在其微博中就曾爆料，灿星制作曾表达过与湖南卫视合作的意向，但湖南卫视并不看好这档节目，二者合作失败。不管这则爆料是否真实，但从侧面可以看出，这样一档节目在选择播出平台时就考虑到了资金和平台性质的问题。最终，《中国好声音》的主创团队——灿星制作选择了在娱乐节目收视率上和湖南卫视相差不大的浙江卫视来合作。浙江卫视凭借"中国蓝"的品牌宣传而迅速成长起来，又凭借"电视剧王牌"积累了大量收视观众，更是凭借

《我爱记歌词》吸引了众多音乐爱好者和青少年的眼球。可以说，灿星制作选择这样一个播出平台是基于收视群体等综合考虑的结果。

《中国好歌曲》的出现是基于当时的音乐真人秀节目已无法满足大众需求的基础之上的。笔者在"推出的机缘不同"那一部分就提到了政府主导下的文化创新，央视作为代表主流意识和改革风向标的播出平台，率先尝试了新的模式，推出了自己的原创节目形式，积极寻求音乐领域的创新，试图从新的视角去关注音乐领域亟须突破的尴尬局面——好的歌手很多，但原创力不足。另一方面，《中国好声音》在播出第二季之后，与第一季相比收视率下滑，观众出现了审美疲劳，节目已呈现出衰落的趋势。在这样的状况下，推出具有本土特色的节目才能长久地赢得观众。

此外，在2012年和2013年，各大卫视也相继推出了"声音类节目"，如湖南卫视的《快乐男声》和《中国最强音》、山东卫视的《天籁之声》、山西卫视的《歌从黄河来》等，声音类节目可谓遍地开花，但央视还没有一档声音类的节目，所以《中国好歌曲》选择在央视播出也就顺理成章了。

5. 节目导师的定位点不同

虽然两档节目的导师可以说都是顶级音乐人，但是两档节目对导师的定位是不同的。《中国好声音》是要去发现中国的

"好声音",在选择导师时参考了导师的声音特色;《中国好歌曲》是去发现华语乐坛的音乐创作人兼具演唱,对导师的选择则参考其原创能力和受欢迎程度。

刘欢和杨坤同为两档节目的导师,但在不同的节目中有不同的角色定位。刘欢以优雅高亢的声线完美极致地表达着情感,杨坤富有磁性的嗓音则呈现出悲凉沧桑的质感。二人在《中国好声音》中都凭借自身独特的嗓音条件来寻找更多有特色的声音。在《中国好歌曲》中,他们则着重表现自己的音乐创作能力。刘欢为众多的电视剧创作主题曲,特别是为《甄嬛传》创作了众多民族风的歌曲,其创作才华显露无遗;杨坤在华语乐坛是一名实力唱将,同时更是一名词曲创作者,自出道以来一直以自己对音乐的热爱创作了一首又一首极具感染力的歌曲。

《中国好声音》的另外两名导师是那英和庾澄庆。那英是实力派唱将,略带沙哑的嗓音传递着女性的豪爽;庾澄庆则是台湾著名歌手、摇滚"达人"。

《中国好歌曲》的另外两位导师是周华健和蔡健雅。2010年,周华健与罗大佑、李宗盛同时入围中国原创音乐流行榜最高音乐成就奖,被称为"流行音乐教父"。蔡健雅是第一位获得三届台湾金曲奖最佳国语女歌手奖的华语歌手,并三次获得台湾金曲奖最佳作曲奖提名,实力非凡。

6. 盲选道具的设置不同

在《中国好声音》的第一板块"导师盲选"中,导师是背对学员听他们演唱,听到喜欢的声音,就拍下面前的红色按钮,导师的转椅会在哆的一声响后转向学员,他们这时才可以面对面地听学员唱歌。《中国好歌曲》也是采用"导师盲选",导师面前有一个遮挡屏,一方面起到阻挡导师看到学员的外貌和现场表现的作用;另一方面,这也是一个电子显示屏,随着学员的演唱滚动显示歌词。如果导师喜欢学员创作的这首歌曲,推动面前的推杆,遮挡屏就会降下,导师即可看见学员的现场表现。

两档节目都是"盲选",但存在于学员和导师之间的阻挡物不同,其作用也是不同的。《中国好声音》中的转椅是按照节目版权的要求而设置的,起到的首要作用是使学员不出现在导师的视野之中;其次,转椅烘托了节目的气氛,制造了悬念,导师的转身与否制约着观众的情感;再次,转椅是从英国空运而来的,能发出哆的响声并喷出烟雾,可以为节目造势,吸引观众的眼球。《中国好歌曲》的遮挡显示屏,一方面是为了阻挡导师的视线,使他们进行"盲选";另一方面,有解释说明的意味。因为《中国好声音》中的导师是在选"好声音",里面的学员演唱的歌曲,大多是流行很广的,导师能"听明白歌曲的内容";而《中国好歌曲》中的导师是在选词曲创作的唱作人，里面的学员演唱的歌曲都是原创的，导师是第一次听到，如果歌词中有同音词，可能会出现理解上的偏差，影响导师的判断，所以需要显示歌词。

四、音乐真人秀节目的差异化发展趋势

当下，音乐真人秀节目在我国可谓遍地开花，各大卫视都在争抢这块香甜可口的"蛋糕"，大量的音乐真人秀节目充斥着观众的耳目。此类节目在数量上可谓蔚为壮观，但在质量上却是良莠不齐，很多节目模式僵硬，节目与节目之间存在连带关系，内容雷同，缺乏创新点。如今，电视业已进入内容制胜的时代，音乐真人秀节目要想走得长远，必须注重品质的打造，制作要精良，内容要有创新。

（一）差异化定位

每个节目在制作前期都会进行定位，分析受众的心理、喜好、消费习惯、教育程度、收入和空闲时间等对节目收视的影响，寻找节目的目标受众。如果一档节目和已有的节目或者品牌相比没有创新点，那它在没有"出生"之前就选择了远离观众——被观众抛弃。节目的内容决定其成败，所以，致力于精准定位，寻求与其他节目的不同，采取差异化竞争策略，细分

市场，形成自己的品牌，才可赢得观众。

（二）本土化改造

目前，随着经济全球化的发展，各种文化走向了趋同，共性文化泛滥。但任何东西的引进都要适应本土化的需求，电视节目只有扎根于本地土壤，才可抓得牢固，枝叶繁茂，结出硕果。

（三）品牌效应

现代消费是一种快节奏的消费，人们变得越来越浮躁。一档节目如果没有新颖的形式和精良的内容，就会流失大量的观众；而一旦形成品牌，就会吸引粉丝对其进行消费。但品牌的打造不是一蹴而就的，它是一个运用综合媒介进行全方位、多角度的包装的过程，当然这要建立在内容之上。

五、结论

音乐真人秀节目在当下依然十分火爆，但是存在着严重的同质化倾向，而且许多节目都有国外某些节目的影子。

笔者不是说向国外学习经验是不可取的，但是要把握好"度"，再结合本土的实际情况，使其"为我所用"。我国的现实情况是原创能力不足。我们要正视问题的存在，运用差异化定位策略，发展自己的品牌，形成差异化竞争的"比学赶超"的良好氛围。同时，我们要提高创新能力，从模仿与本土化相结合的发展局面转向特色品牌节目的创办，打造出自己独有的品牌节目。

第二编

古代文论

《墨子》引《诗》考论

　　《诗经》被尊为儒家的经典,为儒家诸子所广泛引用,孟子、荀子等后儒都在自己的著作中大量引《诗》论证。但《诗经》作为先秦诗歌的第一部总集,并不是只为儒家所称引,其他各家也有不同程度的称引,虽然其引《诗》的态度并不相同。墨子作为儒家的反对派出现,但在《墨子》中却有不少引《诗》的情况。研究《墨子》的引《诗》情况,可以明确墨子对《诗经》的态度和墨子引《诗》与今传本《诗经》的关系等问题。

　　《汉书·艺文志》载《墨子》71篇,现存53篇,亡佚18篇,绝大部分是墨子思想和活动的记录。从今存的《墨子》中辑录出的墨子所引《诗经》中的诗句,共有12处,其中逸诗

3处,另外论及《诗》的地方有2处。① 相较于儒家诸子的引《诗》情况,墨子的引《诗》是比较少的,虽然引《诗》的多少并不能说明多大的问题,但也可见其对《诗经》的某些倾向。

《墨子》引诗共12处,其中3处基本可以判定为逸诗。墨子引《诗》的情况如下:

《尚同中》引《小雅·皇皇者华》;

《兼爱下》引《小雅·大东》,《亲士》暗引其中两句;

《明鬼下》引《大雅·文王》;

《天志中》和《天志下》两次引《大雅·皇矣》;

《兼爱下》引《大雅·抑》;

《尚贤中》引《大雅·桑柔》;

---

① 墨子引《诗》的数字学界尚存在争议,王长华的《墨子的〈诗经〉观》以董治安先生的《先秦文献与先秦文学》中所述引《诗》数字为参考,认为引《诗》11处(包括逸诗3篇),论《诗》5处。叶文举的《〈墨子〉〈庄子〉〈韩非子〉说诗、引诗之衡鉴——兼论战国时期非儒家诗学思想》认为墨子引《诗》12处,其中逸诗3首。笔者参照各说,查以《墨子》原文,认为《亲士》中所引《小雅·大东》为暗引,也应该计入引《诗》数字,总数在董治安先生说法的基础上增加1处,为12处。另外,论《诗》之处,《公孟》中"孔子博于《诗》《书》",并非墨子引《诗》、论《诗》之列,与论《诗》不类,故不取;《非命中》中所言"在于商、夏之《诗》《书》曰",这里所引并无证据可说是论《诗》,因《诗经》可考的最早年代应为西周时期,而非商、夏,故不取;《三辩》中引"武王……又自作乐,命曰《象》",说法牵强,不能算作引《诗》、论《诗》之列。所以笔者认为,墨子论《诗》应为2处。

《尚同中》引《周颂·载见》。

3处逸诗的情况如下。《尚贤中》言:"圣人之德,若天之高,若地之普,其有昭于天下也。若地之固,若山之承,不坼不崩。若日之光,若月之明,与天地同常。"① 墨子此处所引没有明确指出《周颂》中的篇名,当为《周颂》中的逸诗。《所染》言:"必择所堪,必谨所堪者,此之谓也。"② 《非攻中》言:"鱼水不务,陆将何及乎!"③ 这两篇墨子只是模糊地称引,不能断定是风雅颂中的哪一篇,可认为是逸诗而已。

《墨子》引《诗》与今传本《毛诗》文字多有差异,但通过与三家诗文字比较,发现墨子引《诗》的文字更近于《毛诗》,而不同于三家诗。三家诗久已失传,清人王先谦辑佚纂辑成《诗三家义集疏》,从中可见三家诗之一斑。笔者从中辑出与墨子引《诗》相关的部分,以资考证。

《尚贤中》引《大雅·桑柔》:"告女忧恤,诲女予爵,孰能执热,鲜不用濯。"④ 今本《毛诗》作:"告尔忧恤,诲尔序

---

① 〔清〕孙诒让撰,孙启治点校:《墨子间诂》,中华书局2001年版,第64页。
② 〔清〕孙诒让撰,孙启治点校:《墨子间诂》,中华书局2001年版,第19～20页。
③ 〔清〕孙诒让撰,孙启治点校:《墨子间诂》,中华书局2001年版,第139页。
④ 〔清〕孙诒让撰,孙启治点校:《墨子间诂》,中华书局2001年版,第51页。

爵。谁能执热，逝不以濯。"①

《尚同中》引《周颂·载见》："载来见彼王，聿求厥章。"② 今本《毛诗》作："载见辟王，曰求厥章。"③ 孙诒让案：聿、曰古通用。

《尚同中》引《小雅·皇皇者华》："我马维骆，六辔沃若。载驰载驱，周爰咨度。……我马维骐，六辔若丝。载驰载驱，周爰咨谋。"④ 此与今本《毛诗》相同。鲁诗"皇"作"韹"，"谋"作"谟"。⑤

《兼爱下》引《小雅·大东》："王道荡荡，不偏不党，王道平平，不党不偏。其直若矢，其易若厎，君子之所履，小人之所视。"⑥ 今本《毛诗》作："周道如砥，其直如矢。君子所履，小人所视。"⑦ 其中墨子所引前四句见于《尚书·洪范》，

---

① 〔清〕王先谦撰，吴格点校：《诗三家义集疏》，中华书局1987年版，第945页。
② 〔清〕孙诒让撰，孙启治点校：《墨子间诂》，中华书局2001年版，第88~89页。
③ 〔清〕王先谦撰，吴格点校：《诗三家义集疏》，中华书局1987年版，第1031页。
④ 〔清〕孙诒让撰，孙启治点校：《墨子间诂》，中华书局2001年版，第89页。
⑤ 〔清〕王先谦撰，吴格点校：《诗三家义集疏》，中华书局1987年版，第559页，第561页。
⑥ 〔清〕孙诒让撰，孙启治点校：《墨子间诂》，中华书局2001年版，第124页。
⑦ 〔清〕王先谦撰，吴格点校：《诗三家义集疏》，中华书局1987年版，第727页。

但四个"不"字作"无"。《亲士》引作:"其直如矢,其平如砥。"① 厎作砥,与《毛诗》同。

《兼爱下》引《大雅·抑》:"无言而不雠,无德而不报。投我以桃,报之以李。"② 今本《毛诗》作:"无言不雠,无德不报。……投我以桃,报之以李。"③ 鲁诗"雠"亦作"酬""醻",韩诗作"酬"。④

《天志中》引《大雅·皇矣》:"帝谓文王,予怀明德,不大声以色,不长夏以革,不识不知,顺帝之则。"⑤ 此与今本《毛诗》相同。鲁诗"不"一作"弗"。⑥ 齐、韩诗与《毛诗》同。

《天志下》引《大雅·皇矣》:"毋大声以色,毋长夏以革。"⑦ 此与《天志中》所引略有不同,两个"不"字作"毋"。

---

① 〔清〕孙诒让撰,孙启治点校:《墨子间诂》,中华书局2001年版,第7页。

② 〔清〕孙诒让撰,孙启治点校:《墨子间诂》,中华书局2001年版,第125页。

③ 〔清〕王先谦撰,吴格点校:《诗三家义集疏》,中华书局1987年版,第934页,第937页。

④ 〔清〕王先谦撰,吴格点校:《诗三家义集疏》,中华书局1987年版,第934页。

⑤ 〔清〕孙诒让撰,孙启治点校:《墨子间诂》,中华书局2001年版,第205页。

⑥ 〔清〕王先谦撰,吴格点校:《诗三家义集疏》,中华书局1987年版,第858页。

⑦ 〔清〕孙诒让撰,孙启治点校:《墨子间诂》,中华书局2001年版,第220页。

《明鬼下》引《大雅·文王》："文王在上，于昭于天。周虽旧邦，其命维新。有周不显，帝命不时。文王陟降，在帝左右。穆穆文王，令问不已。"① 文字与今本《毛诗》同。

从《墨子》的引《诗》来看，文字与今本《毛诗》有许多不同。相较于《毛诗》来说，其引《诗》与三家诗的文字差异更大。三家诗是汉儒凭记忆以汉代隶书记录下来的，而《毛诗》虽然后出，却以古文传写，是以为古文经，从墨子引《诗》的情况看，《毛诗》的文字更近于《诗经》的原貌。

从上面的比较可以看出，墨子引《诗》除了《大雅·桑柔》一篇，其他各篇与《毛诗》都只是稍有文字不同，总体上墨子的引《诗》对原诗的理解并不构成妨碍。

《墨子》引《诗》大多与《毛诗》之解诗相同。

《尚贤中》引《大雅·桑柔》是为了说明："则此语古者国君、诸侯之不可以不执善承嗣辅佐也，譬之犹执热之有濯也，将休其手焉。"②《毛诗》郑笺解作："我语女以忧天下之忧，教女以次序贤能之爵，其为之当如手持热物之用濯。谓治国之道，当用贤者。"③《毛诗》的解释可以说正如墨子用《诗》来

---

① 〔清〕孙诒让撰，孙启治点校：《墨子间诂》，中华书局2001年版，第238页。
② 〔清〕孙诒让撰，孙启治点校：《墨子间诂》，中华书局2001年版，第51~52页。
③ 〔清〕王先谦撰，吴格点校：《诗三家义集疏》，中华书局1987年版，第945页。

证明"尚贤之为政"之根本的用诗目的。

《尚同中》引《周颂·载见》和《小雅·皇皇者华》的目的是:"则此语古者国君诸侯之以春秋来朝聘天子之廷,受天子之严教。退而治国,政之所加,莫敢不宾。当此之时,本无有敢纷天子之教者。"①《毛诗》郑笺解《载见》作:"诸侯始见君王,谓见成王也。曰求厥章者,求车服礼仪之文章制度也。"②毛序解《皇皇者华》为:"君遣使臣也。送之以礼乐,言远而有光华也。"③

《兼爱下》和《亲士》引《小雅·大东》,墨子之意为:"均分赏贤罚暴,勿有亲戚弟兄之所阿……"④郑笺解为:"天子之恩厚,君子皆法效而履行之,其如砥矢之平,小人又皆视之、共之无怨。"⑤而鲁诗之义为:"诗言昔者邦国殷富,王道平直,君子率履,小人遵守。"⑥齐、韩所说与鲁义同,墨子

---

① 〔清〕孙诒让撰,孙启治点校:《墨子间诂》,中华书局2001年版,第89页。
② 〔清〕王先谦撰,吴格点校:《诗三家义集疏》,中华书局1987年版,第1031页。
③ 〔清〕王先谦撰,吴格点校:《诗三家义集疏》,中华书局1987年版,第559页。
④ 〔清〕孙诒让撰,孙启治点校:《墨子间诂》,中华书局2001年版,第124页。
⑤ 〔清〕王先谦撰,吴格点校:《诗三家义集疏》,中华书局1987年版,第727页。
⑥ 〔清〕王先谦撰,吴格点校:《诗三家义集疏》,中华书局1987年版,第728页。

引《诗》之意同于郑义。

《明鬼下》引《大雅·文王》，墨子欲证明："若鬼神无有，则文王既死，彼岂能在帝之左右哉？"① 墨子仅用诗的最后两句，用诗的表面意思。毛传："言文王升接天，下接人也。"② 郑笺云："文王能观知天意，顺其所为，从而行之。"③ 孙诒让案：依墨子说，谓文王既死，神在帝之左右，则与毛、郑义异。

《兼爱下》引《大雅·抑》，墨子意在说明："爱人者必见爱也，而恶人者必见恶也。"④ 郑笺云："此言善往则善来，人无行而不得其报也。"⑤ 这与墨子所说的"兼爱"主张是相符的。

《天志中》和《天志下》引《大雅·皇矣》，墨子意在说明："爱人利人，顺天之意，得天之赏……帝善其顺法则也，故举殷以赏之，使贵为天子，富有天下……"⑥《毛诗》郑笺

---

① 〔清〕孙诒让撰，孙启治点校：《墨子间诂》，中华书局2001年版，第239页。
② 〔清〕王先谦撰，吴格点校：《诗三家义集疏》，中华书局1987年版，第823页。
③ 〔清〕王先谦撰，吴格点校：《诗三家义集疏》，中华书局1987年版，第824页。
④ 〔清〕孙诒让撰，孙启治点校：《墨子间诂》，中华书局2001年版，第125页。
⑤ 〔清〕王先谦撰，吴格点校：《诗三家义集疏》，中华书局1987年版，第937页。
⑥ 〔清〕孙诒让撰，孙启治点校：《墨子间诂》，中华书局2001年版，第205页。

云:"天之言云:我归人君,有光明之德,而不虚广言语,以外作容貌,不长诸夏以变更王法者,其为人不识古,不知今,顺天之法而行之者。此言天之道尚诚实,贵性自然。"① 墨子说《诗》,与郑义相同。

再看墨子所引逸诗的情况。《所染》引"必择所堪,必谨所堪者,此之谓也",王念孙《读书杂志》训"堪"为"湛",意在说明与人交往的重要性:与贤人交往,会贤;与恶人交往,会恶。墨子引《诗》是符合文中的语境的。《尚贤中》所引逸诗,意在歌颂:"圣人……索天下之隐事遗利以上事天,……下施之万民……"② 圣人的道德博大,恩施万民。《非攻中》所引逸诗,意在说明韩、赵、魏鱼水相连,不能独存,只能联合起来共同对付智伯。

《墨子》引《诗》基本与他所言的语境相吻合,忠实于《诗》的原意,这在战国初期是非常难得的。春秋时期二百多年间,在外交场合赋诗言志成为一种习惯,参与人员多引用《诗经》中的诗句曲折地表达自己的意见。这种赋诗言志后人称之为断章取义、各取所需,而承继春秋余绪,战国初年赋诗言志之风当尚存,墨子生当此时,其引诗却基本上没有断章取

---

① 〔清〕王先谦撰,吴格点校:《诗三家义集疏》,中华书局1987年版,第859页。
② 〔清〕孙诒让撰,孙启治点校:《墨子间诂》,中华书局2001年版,第64页。

义,在很大程度上符合原诗的诗意。

《墨子》论及《诗》的地方有2处。一是《公孟》中:"或以不丧之间诵诗三百,弦诗三百,歌诗三百,舞诗三百。若用子之言,则君子何日以听治?庶人何日以从事?"① 二是《三辩》中:"周成王因先王之乐,又自作乐,命曰《驺虞》。"② 从这2处墨子论《诗》来看,墨子论《诗》并不是从《诗》作为古代典籍的那个角度来论的,而是从《诗》合乐的角度来论述的,也就是作为乐的载体的《诗》。墨子论《诗》的这2处,只是谈及了《诗》的形式,而没有论及诗意。我们知道,墨子是"非乐"的,专门有《非乐》一篇来论述非乐的理由。孙诒让对这一点是看到的,他说:"墨子意谓不丧则又习乐,明其旷日废业也。"③《三辩》中所论,墨子意在证明:"故其乐逾繁者,其治逾寡。"④ 墨子是非乐而不非《诗》的。

墨子引《诗》多《诗》《书》并称,《诗》也可以称为《书》,如《明鬼下》中作:"《周书》《大雅》有之。"⑤ 同样,墨子在引《诗》中,有时也掺杂了《尚书》中的语句,如《兼爱下》所引《小雅·大东》,前四句出自《尚书·洪范》,原句

---

①③ 〔清〕孙诒让撰,孙启治点校:《墨子间诂》,中华书局2001年版,第456页。

②④ 〔清〕孙诒让撰,孙启治点校:《墨子间诂》,中华书局2001年版,第41页。

⑤ 〔清〕孙诒让撰,孙启治点校:《墨子间诂》,中华书局2001年版,第238页。

为:"无偏无党,王道荡荡,无党无偏,王道平平。"① 这种《诗》《书》交错的情况,是可以理解的。

在墨子引《诗》的情况中:

只称《诗》的:《兼爱下》(《小雅·大东》),《尚贤中》(《大雅·桑柔》),《尚同中》(《小雅·皇皇者华》),《非攻中》和《所染》中的逸诗;

称《雅》《颂》的:《天志下》(《大雅·皇矣》),《尚同中》(《周颂·载见》),《兼爱下》(《大雅·抑》),《明鬼下》(《大雅·文王》),《尚贤中》的《周颂》逸诗;

称篇名的:《天志中》(《大雅·皇矣》)。

通过上面的分析,我们可以看出,墨子引《诗》称引诗句,提到具体篇名的情况最少,而比较倾向于只称《诗》或《雅》《颂》,这种模糊的称引方式是和先秦诸子的引《诗》方式一致的。这种随意性的引《诗》方式,一方面说明了《诗》的广泛流传,另一方面也说明了《诗》的谣谚性,并不像文献考证那样烦琐具体。另外可以看出,墨子引《诗》全部集中在《诗经》的《雅》《颂》部分,《国风》中一篇都没有称引,这

---

① 〔清〕孙诒让撰,孙启治点校:《墨子间诂》,中华书局2001年版,第124页。

与其他诸子的引《诗》是不同的。在先秦诸子中,荀子引《国风》的诗句比较多,有 7 处;而墨子一篇也没有引到,董治安先生认为,这与《雅》《颂》内容多具实用价值有关。《毛诗·小大雅谱》云:"此二雅逆顺之次,要于极贤圣之情,著天道之助,如此而已矣。"①《毛诗·大雅》陆曰:"据隆盛之时而推序天命,上述祖考之美,皆国之大事,故为《正大雅》焉。"②而风诗多民间所作,墨子注意到了《诗》的用途。

墨子为何如此注重引《诗》呢?

从墨子对《诗》的态度可以看出。墨子引《诗》,都是以《诗》作为先王之书来看待的。《天志下》:"于先王之书《大夏》之道之然。"③《尚同中》:"先王之书《周颂》之道之曰。"④《兼爱下》:"先王之所书《大雅》之所道曰。"⑤这与墨子的思维论证逻辑是密切相关的。

墨子把《诗》看作可以作为论据的先王之书看待。他有

---

① 〔汉〕毛亨传,郑玄笺,〔唐〕孔颖达疏:《毛诗正义》,北京大学出版社 1999 年版,第 542 页。
② 〔汉〕毛亨传,郑玄笺,〔唐〕孔颖达疏:《毛诗正义》,北京大学出版社 1999 年版,第 951 页。
③ 〔清〕孙诒让撰,孙启治点校:《墨子间诂》,中华书局 2001 年版,第 220 页。
④ 〔清〕孙诒让撰,孙启治点校:《墨子间诂》,中华书局 2001 年版,第 88 页。
⑤ 〔清〕孙诒让撰,孙启治点校:《墨子间诂》,中华书局 2001 年版,第 125 页。

"三表法",如《非命上》:"何谓三表?子墨子言曰:有本之者,有原之者,有用之者。于何本之?上本之于古者圣王之事。于何原之?下原察百姓耳目之实。于何用之?废以为刑政,观其中国家百姓人民之利。此所谓言有三表也。"① "上本"之法,墨子只能借助所谓的先王之书加以论证。在《兼爱下》中,墨子说:"何知先圣六王之亲行之也?子墨子曰:吾非与之并世同时,亲闻其声,见其色也。以其所书于竹帛,镂于金石,琢于盘盂,传遗后世子孙者知之。"② 墨子假设了难己之词,也想到了论敌对其所言没有论证依据的辩难,因而在《墨子》一书中经常见到其所设的自答之词,如《明鬼下》中有:"今执无鬼者之言曰:先王之书,慎无一尺之帛,一篇之书,语数鬼神之有,重有重之,亦何书之有哉?"③ 墨子对这种言词总是以充足的先王之书摆在假想的论敌面前,以证明自己言之有据。

墨子为何不非《诗》?

首先,如上面所言,墨子把《诗》作为先王之书看待,引《诗》以为论证之用。其次,就墨子的个人修养来说,《淮南子

---

① 〔清〕孙诒让撰,孙启治点校:《墨子间诂》,中华书局2001年版,第266页。
② 〔清〕孙诒让撰,孙启治点校:《墨子间诂》,中华书局2001年版,第120~121页。
③ 〔清〕孙诒让撰,孙启治点校:《墨子间诂》,中华书局2001年版,第238页。

·要略》中载:"墨子学儒者之业,受孔子之术。"① 其中《诗》的教育应是不可缺少的。《贵义》中载:"子墨子南游使卫,关中载书甚多,……翟上无君上之事,下无耕农之难,吾安敢废此?"② 《隋书·李德林传》中载,墨子曾自称览百国"春秋"。《明鬼下》亦引周、燕、宋、齐诸国"春秋"。墨子重视历史经验,因此其对记录历史经验的《诗》《书》给予了高度的重视。

关于春秋年间的赋诗言志,董治安先生认为:"墨子的主要活动,当在战国初年。战国之初,春秋普遍盛行于上层社会的赋诗、称诗之风,并未完全成为过去,而三百篇'由诗向经'的演化,也仅处于初始阶段,还要经历一段时间过程。"③ 另有论者认为:"《墨子》之所以想通过征引诗来阐明自己的思想,起到很好的论证效果,是由于《诗》、《书》在当时的社会中,已经被广泛称引,具有了一定的权威性,大家能够普遍的认同它们……"④ 这种说法也是在《诗经》广泛应用于政治、生活的各个方面的基础上提出的,和赋诗言志的实际应用是一个方面的问题。

---

① 〔汉〕刘安等编著,高诱注:《淮南子》,上海古籍出版社1989年版,第235页。
② 〔清〕孙诒让撰,孙启治点校:《墨子间诂》,中华书局2001年版,第445页。
③ 董治安:《先秦文献与先秦文学》,齐鲁书社1994年版,第60页。
④ 叶文举:《〈墨子〉〈庄子〉〈韩非子〉说诗、引诗之衡鉴——兼论战国时期非儒家诗学思想》,见《安徽师范大学学报》(人文社会科学版),2004年第1期。

墨子非儒而不非《诗》，这个问题是每个论者在探讨墨子与《诗》的关系时都要面对的问题，限于材料的占有情况不同，论及范围也不同。现在，对墨子不非《诗》，学术界的意见是比较一致的，但对其《诗经》观的探讨还需要继续深入。

司马相如的战国游士思想与辞赋创作的个性

一、汉初仕进制度的多样性

秦朝作为第一个统一的王朝,只存在了十几年。汉高祖刘邦经过四年的楚汉战争,终于赢得了王朝的统治权,此时上距战国也不过十几年的时间。因为秦朝是暴亡,所以没有给汉王朝提供太多的治国经验。秦朝的灭亡,在许多士人看来是周朝诸侯分封制度的胜利。汉初,由于治国主要依靠在马上得天下的功臣,而这些从乡间起家的功臣勋侯们,多对文化有天生的陌生感,因而文化思想的控制还没有提上日程,社会思想呈现出如战国时期的学说纷呈的局面。

汉初思想的多元性,使当时的士人并没有主流统治思想的限制，因而可以根据自己的喜好选择学说。秦朝统一全国的时间毕竟很短，只有短短十几年的时间，士人们还没有完全适应其文化低潮，秦朝就结束了，因而汉初士人的思想多承战国而来。活跃在汉初的士人多具有战国策士的纵横捭阖的辩词游说能力，希望通过自己的努力从一介布衣上升为国之卿相，他们所主张的学说也是多方面的，而汉初统治者都同样重用，因而也就肯定了士人的学说，从侧面认同了汉初思想多元性的存在。晁错喜爱刑名法术之学，为景帝的老师，又被王朝派去跟随伏生学习《尚书》，从这些可以看出汉初完全没有后来学说派别之间的拘于门户之争。

即使到了武帝时代，由布衣而一跃成为卿相的事例也不少见。主父偃、朱买臣和公孙弘都是布衣出身，都位居二千石之位，公孙弘还成为以布衣拜相而封侯的汉代的先例。武帝初期的招贤纳士、向全国征集贤良文学之士，使大量的士人存在着由布衣成为卿相的可能性。武帝时期提出的察举制本身就提供了这样的一个机会，举茂才、举孝廉，使一介寒士可以直接进入国家统治集团。

汉初的仕进方式有多种。从丞相的人选来看，汉初多是功臣和功臣的子孙，他们占据了多数的位置。然而，到了文帝时期，丞相的人选就已经显示出困境。张苍免去丞相后，文帝久未物色到合适的丞相人选，乃以御史大夫申屠嘉为之。功不高又乏才学的申屠嘉,实在是文帝不得已的人选。当时,有能力的功臣及其子孙已经不能适应各方面日益完善的汉帝国的发展,这就急切需要从全国征集有能力的士人充实到国家统治集团中来,但汉初并未建立起以一定的标准和规范充分吸纳士人的官僚选用体系。

司马相如起初"以赀为郎,事孝景帝,为武骑常侍"①,后弃官到梁国交游。梁孝王卒后,他回归故里,后因辞赋被武帝召为郎。其曲折的出仕经历,与汉初仕进制度的多样性有很大关系。

二、藩国诸侯王的招贤纳士

在历史上,许多士人尤其是文士,常以宾客的身份跟随君主。有力的人物招致、集结宾客,是中国历史上长期存在的一个现象,即使严酷残暴如秦,这种现象也没有断绝。

汉初游士之风盛行,与长期以来的这种风气有密切的关系。秦的统一,使游士之风暂时中断了十几年,但随着秦末农民起义的风起云涌,强力服众者称诸侯,大量的士人再度奔凑于其下,渴望寄身托命或施展抱负。

汉初,统治集团未能及时收拢散落在各地的士人,因而他

---

① 〔汉〕司马迁:《史记》,中华书局 2000 年版,第 2287 页。

们渴望入仕发挥自己的才能却找不到合适的途径，而地方大的诸侯王藩国恰恰充当了收拢这些游士的角色。鲁迅在《汉文学史纲要》中说："而当时诸侯王中，则颇有倾心养士，致意于文术者。楚、吴、梁、淮南、河间五王，其尤著者也。"① 当时，吴王刘濞、梁孝王刘武、淮南王刘安、河间献王刘德等都喜欢延纳士人，而四方士人也争往投之，从而造就了汉初诸侯王国文学鼎盛的局面。据《汉书·伍被传》记载，淮南王刘安好术学，折节下士，招致英俊以百数。《盐铁论》谓："淮南、衡山修文学，招四方游士，山东儒、墨咸聚于江、淮之间。"②

汉初诸侯王势力的强大也使他们有足够的能力去收拢散落在民间的士人。吴国、梁国和淮南国三国的士人之盛出现在不同的时期，是相继出现的。吴国为刘邦所置，吴王刘濞苦心经营四十年，其盛自文帝至景帝，七国之乱后消亡。梁国因抵御七国之乱最有力，因而继吴国而为士人之盛，原游吴之士人又从梁游，如枚乘、枚皋、邹阳等。梁孝王死后，梁国士人散尽。淮南王刘安宾客之盛直至武帝，至其叛乱未果为终，淮南宾客之盛难以企及。

---

① 鲁迅：《汉文学史纲要》第八篇《藩国之文术》，人民文学出版社1973年版，第561页。
② 〔汉〕桓宽撰，〔明〕张之象注：《盐铁论》卷之三《晁错第八》，云闲张氏猗兰堂嘉靖三十三年刊本。

三、司马相如的战国游士思想

《史记·司马相如列传》记载:"少时好读书,学击剑,故其亲名之曰犬子。相如既学,慕蔺相如之为人,更名相如。以赀为郎,事孝景帝,为武骑常侍,非其好也。会景帝不好辞赋,是时梁孝王来朝,从游说之士齐人邹阳、淮阴枚乘、吴庄忌夫子之徒,相如见而说之,因病免,客游梁。梁孝王令与诸生同舍,相如得与诸生游士居数岁,乃著《子虚之赋》。会梁孝王卒,相如归……"①

蔺相如,战国时期赵国的上卿,以非凡的胆智,以弱赵对强秦,不辱使命。这从《史记·廉颇蔺相如列传》中可以看出。司马相如生当汉初,去战国未远,蔺相如的事迹定当传播极广,对司马相如产生了深刻的影响。他因仰慕蔺相如的为人而改名,说明他发自内心地以蔺相如为自己的人生榜样。

战国时期,纵横游说之士驰骋于各诸侯国之间,以自己的才智实现人生价值。战国士人多学长短纵横之术,秦末汉初,这种风气持续不绝。司马相如少时学击剑,《史记·司马相如列传》中的"索隐"曰:"《吕氏春秋》剑伎云'持短入长,倏忽纵横之术也'。魏文《典论》云'余好击剑,善以短乘长'

---

① 〔汉〕司马迁:《史记》,中华书局 2000 年版,第 2287 页。

是也。"① 从司马贞的"索隐"来看，把击剑也当作纵横之术来看待是有道理的。相如自少时即学长短纵横之术，在这种潜移默化中，他自然也形成了战国士人的品格，加之汉初思想驳杂，士人以前代的思想为范本加以学习也是正常的事情。汉高祖刘邦不喜儒术，而喜刑名法术之学，因此当时的士人如贾谊、陆贾等，皆兼通多种学说。之后的晁错也是学刑名法术之学，主父偃则学长短纵横之术。从当时的整个时代氛围来看，在那个时期，士人的出处是相当自由的，学说也呈现出自由的状态。相如自少时耳濡目染的自然是战国士人以布衣取卿相的雄心壮志，从他改名"相如"这件事情就可以看出，战国游士的思想给了他多大的影响。

汉朝建立之初，刘邦大封异姓诸侯，继而又在灭掉异姓诸侯的同时大封同姓诸侯，从表面上来看，俨然又回到了春秋战国时代。士人们也像战国时期的士人们归依诸侯一样纷纷投奔大的诸侯藩王，当他们的门客，为他们出谋划策。一切似乎又回到了从前，士人们依然做着同样的事情。在这样的时代背景下，司马相如能够毅然辞去朝廷的武骑常侍的职位，到梁国交游也是不足为奇的。枚乘因劝谏吴王而知名，被朝廷封为弘农都尉，也"不乐郡吏，以病去官，复游梁"。

司马相如"以赀为郎，事孝景帝，为武骑常侍"，应该说

---

① 〔汉〕司马迁：《史记》，中华书局2000年版，第2287页。

这对他是一种礼遇。此职位虽然不显而荣(名将李广和后来曾至丞相位的李蔡几乎与相如同时入选),但倘若相如当时能像他们一样悉心尽职,则平步青云、践其少志,也是指日可待的。可以说,相如这时并不汲汲于利禄。《史记·司马相如列传》中的"索隐"曰:"张揖曰:'秩六百石,常侍从格猛兽。'"① 对于少时学击剑和纵横之术的相如来说,侍奉、随从皇帝格杀猛兽这种闲散的职位实在不能满足其建功立业的愿望。他并没有意识到这种近侍的职位更容易接近皇帝,因而更易得到皇帝的宠信,从而实现其拜将封相的理想。他的战国游士的气质使他更容易接受像梁孝王这种喜欢招纳士人的君主,这更符合士人们择良主而侍的思想。

四、梁苑文人团体的氛围

梁国因为梁孝王而招致了大批的文士,《史记·梁孝王世家》言:"(梁孝王)招延四方豪杰,自山以东游说之士莫不毕至。齐人羊胜、公孙诡、邹阳之属。"②

梁孝王刘武,是文帝之子,与景帝同为窦太后所生,深受窦太后宠爱,又因平吴楚七国之乱有功,故春风得意,野心勃

---

① 〔汉〕司马迁:《史记》,中华书局2000年版,第2287页。
② 〔汉〕司马迁:《史记》,中华书局2000年版,第1658页。

勃，筑苑囿，治宫室，广招人才。《史记·梁孝王世家》言："二十九年十月，梁孝王入朝。景帝使使持节乘舆驷马，迎梁王于关下。既朝，上疏因留。以太后亲故，王入则侍景帝同辇，出则同车游猎，射禽兽上林中。梁之侍中、郎、谒者著籍引出入天子殿门，与汉宦官无异。"① 梁孝王政治上的特殊境遇，使他有足够的能力为招致的士人提供良好的衣食起居环境，给他们以优厚的政治和生活待遇，因而梁国士人乐于为孝王奔命。

梁孝王为王三十五年，在梁二十四年，平吴楚七国之乱后，"其后梁最亲，有功，又为大国，居天下膏腴地，地北界泰山，西至高阳，四十余城，皆多大县"②。梁孝王在梁国经营多年，故能成文士之盛。吴王刘濞的门客"多纵横游说之士"，而吴亡后，吴客多游梁，因而"梁客之上者，多来自吴，甚有纵横家余韵"③。

《西京杂记》卷第二云："梁孝王好营宫室苑囿之乐，作曜华之宫，筑兔园。园中有百灵山，山有肤寸石，落猿岩、栖龙岫。又有雁池，池间有鹤洲凫渚。其诸宫观相连，延亘数十

---

① 〔汉〕司马迁：《史记》，中华书局 2000 年版，第 1659 页。
② 〔汉〕司马迁：《史记》，中华书局 2000 年版，第 1658 页。
③ 鲁迅：《汉文学史纲要》第八篇《藩国之文术》，人民文学出版社 1973 年版，第 567 页。

里,奇果异树,瑰禽怪兽毕备。王日与宫人宾客弋钓其中。"①

梁孝王兴建宫室、苑囿,直接为汉大赋的创作提供了写作的素材。汉大赋的创作素材多以宫室、苑囿为中心,如果没有梁孝王的大兴土木,也不可能产生如此众多的大赋作品。

司马相如游梁,是在梁国最盛的时期。梁孝王的入朝有九次,有的学者考察认为,相如游梁以梁孝王二十九年的那次入朝最为准确,《史记·司马相如列传》中也有当时状况的描述。士人在梁孝王那里可以说是得尽风光,这不能不吸引司马相如弃官到梁国交游。

《汉书·贾邹枚路传》言:"梁客皆善属辞赋,乘尤高。"②《西京杂记》卷第四记载:"梁孝王游于忘忧之馆,集诸游士,各使为赋。枚乘为《柳赋》……路乔如为《鹤赋》……公孙诡为《文鹿赋》……邹阳为《酒赋》……公孙乘为《月赋》……羊胜为《屏风赋》……韩安国作《几赋》不成,邹阳代作,……邹阳、安国罚酒三升,赐枚乘、路乔如绢,人五匹。"③司马相如到梁国后,正式开启了他的辞赋创作生涯。在这样的辞赋创作氛围中,大家互相切磋技艺,自然可以使其辞赋创作水平很快地提高。

---

① 〔晋〕葛洪:《西京杂记》,中华书局1985年版,第15页。
② 〔汉〕班固撰,〔唐〕颜师古注:《汉书》,中华书局2000年版,第1808页。
③ 〔晋〕葛洪:《西京杂记》,中华书局1985年版,第26~28页。

《史记·司马相如列传》认为司马相如弃官游梁的原因是"景帝不好辞赋",金国永认为这个理由并不充分:"恐怕只有从他入仕后目睹景帝刻薄寡恩,以诿过或猜忌忠臣良将之晁错、周亚夫等人去寻找其蛛丝马迹。同时,还应看到相如之所弃者乃荣华富贵,而并没有泯灭他欲有所作为,建功立业的雄心。这是从他在武帝时应召赴京再度为郎可以得到证明的。"①他的这种说法是很有道理的。另外,从《史记·司马相如列传》中可以看出,相如在"事孝景帝"的时候并没有表现出喜欢辞赋,也没有作辞赋,至少是没有辞赋流传下来,他真正的辞赋创作生涯是在游梁之后开始的。

在梁国,"梁孝王令与诸生同舍,相如得与诸生游士居数岁,乃著《子虚之赋》"。《子虚赋》是相如的开篇之作,是他在居梁数岁之后才作的,可以说相如的辞赋创作是在诸生游士的熏陶下一步步成熟起来的。汉大赋的奠基之作,是枚乘的《七发》,也早在相如之前写成。相如在梁国的几年里,与枚乘等已经有一定成就的辞赋作家定然有许多交流,这成就了他的辞赋创作,其辞赋开创了汉大赋的新境界。

从司马相如的个性来说,在梁国的几年,是他一生中最为畅意的时期。作为门客,他没有具体的事务要做,却经常可以

---

① 〔西汉〕司马相如撰,金国永校注:《司马相如集校注》,上海古籍出版社1993年版,《前言》第4页。

与梁孝王和诸生同游苑囿，游戏辞赋，其心情的舒畅也是可以想见的。相如的战国游士思想也在这样的氛围中得到认可。邹阳、公孙诡、羊胜等人，身上都有一种纵横家的气质，这从邹阳的《狱中上梁王书》可以看出，公孙诡、羊胜等人也为梁孝王谋刺朝廷大臣，为其四方奔走。在这样一个养士的氛围中，士人的游士思想得到充分发展。在梁孝王的文士团体中，司马相如并不是突出的政治型人物，《史记·司马相如列传》中特别指出："相如口吃而善著书。常有消渴疾。"① 可以说，相如在逞口舌之辩的场合有先天的不足，因而在政治上并没有为梁孝王出多大的力，但梁国却为相如提供了一个施展才华的机会。

五、司马相如辞赋的个性

司马相如虽然在政治上有一定的成就，如出使西南夷等，但在其后史家为他作传时却并不是专注于他的政治成就，而是着眼于他的辞赋创作。《史记·太史公自序》说："《子虚》之事，《大人》赋说，靡丽多夸，然其指风谏，归于无为。作《司马相如列传》第五十七。"② 司马迁在这里特别提到了《子

---

① 〔汉〕司马迁：《史记》，中华书局 2000 年版，第 2325 页。
② 〔汉〕司马迁：《史记》，中华书局 2000 年版，第 2506 页。

虚赋》《大人赋》,《史记·司马相如列传》中则著录了《天子游猎赋》《喻巴蜀檄》《难蜀父老》《谏猎疏》《哀秦二世赋》《大人赋》和《封禅书》。本传几乎可以看作是相如的作品选集,足见司马迁对相如赋作的重视程度。《汉书·司马相如传》几乎可以说是《史记》的翻版。《梁书·列传第四十三·文学上》则云:"昔司马迁、班固书,并为《司马相如传》,相如不预汉廷大事,盖取其文章尤著也。"①

司马相如的赋作表现出其独有的个性,鲁迅在《汉文学史纲要》中给予了充分的肯定:"盖汉兴好楚声,武帝左右亲信,如朱买臣等,多以楚辞进,而相如独变其体,益以瑰奇之意,饰以绮丽之辞,句之短长,亦不拘成法,与当时甚不同。"②又云:"然其专长,终在辞赋,制作虽甚迟缓,而不师故辙,自虑妙才,广博闳丽,卓绝汉代……"③《汉书·贾邹枚路传》也说:"司马相如善为文而迟,故所作少而善于(枚)皋。"④

司马相如并非像东方朔、枚皋那样被武帝以倡优待之,他有他的抱负,所作之赋,皆欲有所劝谏。

相如奏《天子游猎赋》之后,"天子以为郎。无是公言天

---

① 〔唐〕姚思廉:《梁书》,中华书局2000年版,第475页。
②③ 鲁迅:《汉文学史纲要》第十篇《司马相如与司马迁》,人民文学出版社1973年版,第578~579页。
④ 〔汉〕班固撰,〔唐〕颜师古注:《汉书》,中华书局2000年版,第1809页。

子上林广大,山谷水泉万物,及子虚言楚云梦所有甚众,侈靡过其实,且非义理所尚,故删取其要,归正道而论之"①。颜师古在《汉书·司马相如传》中的"注"曰:"言不尚其侈靡之论,但取终篇归于正道耳,非谓削除其辞也,而说者便谓此赋已经史家刊剟,失其意矣。"②

《哀秦二世赋》的写作是因为当时"天子方好自击熊豕,驰逐野兽,相如因上疏谏"③。武帝骄奢之志已萌,耽于游猎,崇尚方士,朱熹认为相如此赋与《美人赋》,"有讽谏之意"。

《大人赋》的写作缘由是,"相如见上好仙道,……相如以为列仙之传居山泽间,形容甚臞,此非帝王之仙意也,乃遂就《大人赋》"④。立意不可谓不善,文亦宏富遒壮,粲然可观。以居君位之大人,当德备天下,为万物所瞻睹,来讽喻武帝。

司马相如是一个不汲汲于功名的人,对利禄也没有太大的兴趣。《史记·司马相如列传》云:"其进仕宦,未尝肯与公卿国家之事,称病闲居,不慕官爵。"⑤《汉书·严朱吾丘主父徐

---

① 〔汉〕司马迁:《史记》,中华书局 2000 年版,第 2318 页。
② 〔汉〕班固撰,〔唐〕颜师古注:《汉书》,中华书局 2000 年版,第 1957 页。
③ 〔汉〕班固撰,〔唐〕颜师古注:《汉书》,中华书局 2000 年版,第 1967 页。
④ 〔汉〕司马迁:《史记》,中华书局 2000 年版,第 2327 页。
⑤ 〔汉〕司马迁:《史记》,中华书局 2000 年版,第 2325 页。

严终王贾传》也称:"相如常称疾避事。"① 这与他的战国游士的气质是分不开的。他可以轻易地放弃武骑常侍的职位到梁国去,梁孝王卒后,他回到故里,也没有汲汲于功名,而是在蜀中安心居住下来。司马相如的辞赋没有太多的浮躁之气,不像枚皋、东方朔多应制之文。相如之作多有用意,寄托着他的用世思想。

---

① 〔汉〕班固撰,〔唐〕颜师古注:《汉书》,中华书局 2000 年版,第 2097 页。

第三编

文艺美学

审美文化之茶文化

一、茶成为文化且审美文化的必然性

何谓"审美文化"？国内外的学者对于这个词的含义众说纷纭，各执一词。有的人把审美文化直接等同于大众文化；有的人认为审美文化只产生于高级阶段，属于社会感性文化；等等。大家对于审美文化的讨论与研究，为认识与发展审美文化提供了非常广阔的视角和思路，但有些观点似乎过于片面。

在众多的观点中，笔者比较认同周文君对于审美文化的阐释和观点，他在《关于审美文化》一文中说："审美文化在人类的文化史上并不仅仅存在于高级阶段。……审美文化应该是包括了一切体现人类审美理想、审美观念和审美情趣,具有审美性质,并且可供人们审美关照和情感体验的一种文化,因此,古代、近代、现代、西方、东方等等,不同的历史阶段,不同的民族文化都产生了丰富的审美文化。"[1]周文君认为,审美文化学并不是研究人类文化的全部,而是从一个特定的审美的视角,以特定的审美态度,去研究文化系统中体现出审美理想、审美观念和审美趣味的那一部分,去发掘文化中的审美元素、审美性质和审美品格,以扩展人们的审美视野、提升审美能力和丰富审美体验。总之,笔者也认为,审美文化是人们以一种审美的态度来对待文化产品时所表现出的一种精神现象,是文化大系统中最具审美性的那一部分,而且审美文化具有审美的超越性。

中国传统审美文化是一种通过自我修养超越自我、实现自我的修养文化。它不像西方审美文化那样包含着某种浓重的宗教色彩,不是对救赎的消极等待而是自觉地努力和积极地争取,是一种感性生命自由选择的人生愉悦。因为它常常引发和伴随无对象审美,因而是非纯粹的审美;但又因为它总是与人生的价值实现和价值理想紧密相连,从而又是一种体现人生境界的审美。中国传统审美文化实质上是在传统文化思想中超越自我、超越有限,从而实现大我、无我和无限的超越性文化

---

[1] 周文君:《关于审美文化》,见《中国文化研究》,2007年第2期。

形态。

以劳动创造收获和以技艺歌颂快乐的中国人,长期受到"天人合一""道法自然"等哲学思想的影响,这种民族文化的积淀和发展与茶中所凝聚的智慧产生了某种对应,于是茶成为文化且成为审美文化便成为必然。事实证明,自然且具有灵性的茶,以平凡却不失高雅的方式,渗透到了人们生活的各个领域和社会的各个阶层中,也渗透到了文化、宗教等诸多精神领域,折射出人们的精神风貌和修养,从而形成了独特而深刻的精神关照,展现了"真善美"的完美结合,体现了中国传统文化的精髓。

中华儿女凭借自己的辛勤劳作与智慧,使自然原生态的茶发展成为能从中得到启发、感悟并萌生出精神内涵的茶文化,从而使茶由一开始的解渴药用功能发展为独具审美意味的品饮。中国传统士人以"林泉之心",以及"以玄对山水"和"澄怀味象"的审美超越心态,实现了对茶、对人生和对宇宙的体悟。在浩瀚的历史长河中,中国茶文化经历了几多沉浮,从"茶之味"到"人生之味"再到"宇宙之味",其中蕴含的精神境界不断提升。中国茶文化积淀了中国传统文化的精华,中国传统文人的审美情趣和价值理念在茶文化中得到了充分的展现。因此,中国茶文化是体现中国传统文人精神风貌和修养境界的一面镜子,不但展现了他们的审美理想和审美追求,而且反映了他们的超越审美心态。因此,我们说中国茶文化是一种审美文化,而且是一种具有典型中华民族审美特征的东方审美文化。我们对中国茶文化进行审美研究是非常有价值、有意义的。

二、中国茶文化对现代社会的美育作用

(一)优秀传统茶文化对当代社会精神文明建设的作用

1. 有利于发扬中国传统文化精神,促进社会发展

历代儒家都把"修身齐家治国平天下"作为人生的奋斗目标,在生活中严格要求自己,"达则兼济天下,穷则独善其身"。由于茶叶具有高洁、恬淡、高雅的品性,因此茶在人们的日常生活中就成了儒家思想的一个理想的载体。茶人在饮茶的过程中将具有灵性的茶叶与人们的道德修养联系起来,认为品茗能促进人格道德的完善和修养的提高。因此,人们视整个品茗过程为自我反省、陶冶心志、修炼品性和完善人格的过程。儒家重义轻利的道德原则和超越个体功利的人生境界以及与之相伴的道德伦理理念,必然会在浮躁的当今社会成为对道德沦丧、物欲横流、畸形变态审美的一种矫正,成为塑造人格、提升人生境界和审美境界的有益资粮,成为加强社会主义精神文明建设的有力武器。

在当今社会，工业化与技术进步所带来的人的异化以及人与自然的隔膜与对立，正在成为当代人精神苦闷的一个根源。卡夫卡在《变形记》一文中就描写了因残酷的社会现实而变形的小人物形象，反映了当时由于工业发展和社会生活对人的异化，最终导致亲情淡薄、人性扭曲的黑暗状况。因此，随着经济的发展和技术的进步，怎样进行人的精神领域的建设和完善，是当今世界普遍关注的问题。中华民族在几千年的发展历程中，积累了优秀的精神文化。比如道家的"天人合一、任性自然"的哲学思想和美学思想对于减缓和消除人们的精神苦闷、缓解精神压力以及调节生存状态有着重要的作用。道家美学中"同天"境界的审美方法，是现代人调节身心的重要途径。茶是汲取了天地之精气的自然之物，符合道家"天道自然、天人合一"的基本原则。因此，通过饮茶可达到"物我两忘、天人合一"的境界，"得至美而游乎至乐"，能使人乐天顺命，从而完善了现代人的人格和心灵。现代化的快节奏和机械性所带来的对于生命的禁锢和本我的消失，亟须自我回归心灵世界，禅悟人生的意义。而富含禅宗美学精神的茶道恰好能为我们提供一种静默寂照、彻悟生命的"法门"，使人涤烦去燥，保持内心的宁静祥和，从而超脱世俗，达到顿悟的境界。

总之，茶文化有助于调节人的身心，提高人的修养，开阔人的心胸。它跨越了宗教与哲学的界限，将每一个茶人都引向一种更高层次的精神境界。它所表现的是一种茶人自己的身心得到解放，使自己的心境达到清净、寂雅的空灵状态。茶人能让自己的心灵茶香弥漫，与天地共生，与宇宙融合，升华到"顿悟"的人生境界，从而改造、完善人与自然的关系，使人"诗意的栖居在这大地上"。

2. 有利于社会关系的美化，促进社会交往

中国茶文化自古以来就具有礼仪功能，人们在日常交际中经常用到它，它能起到融洽氛围、沟通感情的作用。比如"客来敬茶"的风俗历史悠久，人们经常用茶来传递彼此之间的感情，婚姻礼仪、丧葬礼仪和祭祀礼仪中也经常用到茶。同时，中国茶德中所提倡的"廉、美、和、敬"思想，其中包含的"以德服人""德治教化"等价值观和伦理观对我们现代社会的精神文明建设也产生了深刻的影响。

如今，茶已经成为现代社会交际的一种重要的手段，以茶会友，显示了对朋友的尊重和重视。和谐的茶文化有利于社会交往，同时对多民族的中国社会的和谐、稳定发展起到了重要作用。中华民族一直追求的"大同世界、万邦和谐"和"天法自然、五行和谐"的理想，均被茶人和历代文人引用并融入茶道之中，因此茶道本身处处显示出和谐大同的精神特质。反过来，正是因为茶道具有这种和谐大同的精神特质，中国茶文化

又进一步促进了社会关系的和谐发展。总之，融合中华优秀传统文化的中国茶文化能沟通人们之间的感情、增进其友谊、创造和谐的环境，有助于维持和谐、统一、安定的社会秩序，其所蕴含的和谐理念不仅能够促进个体之间的和睦相处，还能促进个体与社会、国家与国家、民族与世界之间的和睦相处及和谐发展。

（二）中国茶文化对促进社会和谐的作用和意义

当今社会呈现出多极化发展趋势，国际局势纷繁复杂，存在许多不稳定的因素。但人们总是渴求稳定和安宁，渴望和平与自由。在这种形势下，党的十六届四中全会提出了"构建社会主义和谐社会"的概念。笔者认为，建设和谐社会很大程度上依赖于精神领域的完善和加强。茶文化作为一种蕴含了中国几千年传统文化精华，集物质文化和精神文化为一体的综合性文化形态，在当今社会必然能起到一定的积极作用。儒家思想对于茶文化的形成和发展产生了重要影响，其中最主要的就是"和"思想在茶文化中的体现，正如陈香白教授指出的："中国茶道，精神的核心……是——'和'。……'和'的内涵是丰富的，……主要包括中和、和谐……和易、和乐……和平……一个'和'字，不但囊括了所谓'敬'、'清'、'寂'、'廉'、'俭'、'美'、'乐'、'静'等意义，而且涉及天时、地利、人和诸层面。"① 中国是一个多民族的国家,各个民族都有自己的风俗习惯和喜好,因此维持这个民族大家庭的稳定和繁荣是十分重要的任务。而茶文化的"和"思想不但有利于个人身心的和谐健康发展,更有利于人与人、人与社会的和谐交往,对于国家的稳定和繁荣有着重要的意义。茶文化中蕴含的"天人合一"的美学思想也有助于我们尊重自然环境,珍惜生存空间,从而做到人与自然和谐发展。不论品茗对于个人精神境界和人生境界的提升,还是对于人格的锤炼和澡雪,茶文化都逐渐成为我们精神领域的有利资粮,也必将为我国社会主义和谐社会的构建提供思想动力和精神支撑。笔者认为,随着中国茶文化理论与实践的不断完善,其蕴含的精神力量必将对社会的和谐稳定起到一定的促进和推动作用。

　　随着社会的进步和科学技术的发展,中国茶文化开始进入网络媒体、市场经济、科学技术等各个领域,新的时代赋予了茶文化新的内涵和意义,茶文化的精神价值作用不断增强。另外,随着茶道精神的不断完善和国家间经济文化交流的频繁,中国茶文化以其深厚的民族审美文化底蕴吸引了越来越多国际友人的目光,从而在一定程度上加快了中国传统文化国际化的步伐。中国茶文化内涵丰富、历史悠久,在当今社会,它正以一种中和敦厚的品性滋养着我们,使我们在茶文化的海洋中尽

---

① 陈香白:《论中国茶道的义理与核心》,见《农业考古》,1992 年第 4 期。

情遨游、疏解压力、平抚内心。

如今，中国茶文化已逐渐摆脱了茶业经济的附庸的地位，展现出独特的精神魅力。在新的时期，我们将不断完善、弘扬中国茶文化精神，为茶文化知识的普及和茶文化精神的传播贡献自己的一分力量。

茶文化中的文人审美情趣

中国茶文化历史悠久、源远流长，经历了萌芽、形成和发展的过程。而茶作为一种文化进入文人雅士的精神领域，上升到精神层面，具有精神内涵后，中国茶道精神得以正式确立。茶文化在形成、发展的各个时期呈现出不同的美学特质，反映了当时文人的审美趣味和审美追求。因此，中国茶文化的发展过程就是中国茶文化审美精神的确立过程，也是历代文人审美情趣和审美观念不断发展变化的过程。

先秦之际已有人饮茶。

汉代最具茶文化信息的文字资料出自西汉辞赋家王褒的《僮约》，里面蕴含的众多茶文化的信息，使这本著作成为陆羽的《茶经》之前最重要的茶文化文献。但在当时，这种富有审美情趣的饮品并没有进入主导者及大众的行列。由此可见，饮茶习俗的风行及中国茶文化审美精神的确立是一个逐步发展演变的过程。

魏晋南北朝时期，崇尚茶的风气有所发展。一方面，茶饮开始步入寻常百姓家，成为平民日常生活的必需品，"粗茶淡饭"的观念逐渐形成；另一方面，清谈之风盛行，三国两晋时期的文人崇尚啜茗清谈，辨析名理，坐而论道，饮茶与饮酒成为名士风度的体现。邓子琴先生认为，魏晋时期的清谈之风可分为四个时期，第一、二两个时期的清谈家喜好饮酒，第三、四两个时期的清谈家则嗜茶。所以邓先生在《中国风俗史》中说："如王衍之终日清谈，必与水浆有关，中国饮茶之嗜好，亦当盛于此时，而清谈家当尤倡之。"[①] 总之，客来敬茶，以茶会友，在当时已成为一种社交礼仪，文人也以此作为修身养性的重要途径。与此同时，文人雅士们还把茶事纳入文学作品之中。张载的《登成都白菟楼》、左思的《娇女诗》、孙楚的《出歌》及王微的《杂诗》之中都有关于饮茶的美妙诗句。杜育的《荈赋》则是现今我们能看到的最早的专门吟咏茶事的赋，其呈现了相当完整的品茗艺术的诸要素：茗茶、水品、炭火、茶器、品茗环境等。《荈赋》作为现今我们所见到的最早的以茶为主题的文学作品，影响并激励了茶题材其他文学样式的出现，茶从此与高雅的文学艺术紧密联系在了一起。同时，

[①] 邓子琴：《中国风俗史》，巴蜀书社1988年版，第57页。

在这一时期的社会风俗领域也出现了茶的踪迹，比如祭祀、婚俗中茶的出现。魏晋南北朝时期，虽然政治上四分五裂，但经济文化方面却颇具特色，随着茶与文学的联姻以及清谈、佛道风气的盛行，饮茶开始超出其自然饮用价值而逐步发展为一种社会文化现象。但魏晋南北朝时期还只是中国茶文化形成发展的初级阶段，茶饮也比较简单和粗糙。

隋朝统一全国之后，南北经济文化的交流增多，饮茶风尚进一步在北方传播。隋文帝为了治脑痛坚持饮茶，所以"天下始知饮茶"。由于领导者的倡导，饮茶习俗到中唐终于得到了广泛的普及，茶文化的地位也逐步确立起来。

在初唐的文献中，涉及茶和茶事的并不是很多。唐中叶以后，饮茶之风逐步从社会上层及文人雅士阶层普及到了社会各个阶层。文人对茶的吟诵逐渐多了起来，关于茶的记载也详尽起来。茶文化的兴起之所以在唐朝，不只是品饮发展的结果，与唐代的茶叶生产状况和社会文明程度也有着密切的关系。物质条件是精神文明创造的坚实基础，只有满足了基本的物质需求，人们才有条件去追求包含精神享受的艺术美的生活。于是，在唐朝良好的社会环境与条件下，人们的饮茶逐渐由"与夫瀹蔬而啜者无异"的粗放式饮用方式发展成为具有情调、要求精致的品茗，并逐渐上升到了精神层面，直接促进了中国茶文化精神的确立与完善。提到茶文化在唐代的确立，就不能不提到陆羽,他将美学精神很好地融入烹茶、饮茶的过程中,写出了世界上第一部茶文化专著《茶经》,极大地推动了茶文化的发展与传播。王玲的《中国茶文化》将《茶经》的文化内涵概括为以下三个方面:"第一,《茶经》首次把饮茶当作一种艺术过程来看待,创造了从烤茶、选水、煮茗、列具、品饮这一套中国茶艺。……贯穿了一种美学意境和氛围。第二,《茶经》首次把'精神'二字贯穿于茶事之中,强调茶人的品格和思想情操,把饮茶看作'精行俭德',进行自我修养、锻炼志向、陶冶情操的方法。第三,陆羽首次把我国儒、道、佛的思想文化与饮茶过程融为一体,首创中国茶道精神。"① 总之,陆羽的《茶经》在唐代茶文化乃至中国茶文化中的地位是不可取代的,它的出现标志着中国茶文化的正式确立。自此,唐代茶文化日益鼎盛,关于茶的文学作品不断涌现。丁文的《大唐茶文化》对此有很好的归纳,基本上是玄宗以后茶诗开始多起来,中唐繁荣,晚唐鼎盛。在茶诗圈内,白居易、皎然、卢仝等最为著名。唐代茶诗的作者涉及各界人士,有王公朝士、平民布衣,江湖高人、市井雅士,禅密僧人、道士女冠,等等。唐代茶诗的基本格调是平和清纯、质朴淡雅,鲜有豪放、奇诡、悲壮之作。茶与文学作品的联姻,也是茶文化形成发展的重要标志之一。唐代茶诗的繁荣,既是唐代茶文化发展的重要标志,

---

① 王玲:《中国茶文化》,中国书店1992年版,第48页。

又在很大程度上促进了茶文化的传播与普及。在唐代中期，音乐、诗歌、舞蹈、绘画、棋弈与茶相交融，形成了一种艺术的合力，这种浓重的艺术氛围为唐代茶道的出现提供了良好的环境和基础。从唐代开始，饮茶被看作是文人雅士高雅生活的象征，文人士大夫们开始注重饮茶的环境与心情，把饮茶视为陶冶情操、体悟人生的风雅之事。饮茶使得文人雅士们更加珍惜、追求诗情画意的美好生活。另一方面，唐代佛教的发展也推动了茶文化的发展，寺院僧人的种茶、饮茶之风对于茶文化的传播起到了很大的作用。总之，在唐代，由于文人茶道的出现与发展以及茶文化理论的提出与完善，使得茶文化精神得以确立，自此中国茶文化走向了繁荣与昌盛。

"茶兴于唐，而盛于宋。"入宋以后，饮茶之风更炽，茶成了人们日常生活中的不可或缺之物，茶事已深入到社会的各个阶层，茶俗也渗透到社会生活的各个方面：客来敬茶是我国礼仪风俗的重要组成部分，自宋代开始已经广泛流传，茶成了人们联络感情的重要工具；茶还进入嫁娶礼俗之中；在艺术领域，采茶歌舞与采茶戏也在此时得以萌发；在政治经济领域，贡茶在唐代已成定例，至宋时已经制度化，贡茶之风愈演愈烈。自此，宋代茶文化走向两极：民间的普及、简易化，宫廷的奢侈、精致化。而在两极中间的文人依然崇尚风雅和自然。宋代与唐代不同，唐代是文人、隐士、僧人等领导茶文化的时代,而宋代则各领风骚,饮茶之风进一步吹向社会各个阶层,影响到人们社会生活的各个方面。在宋代,宫廷茶文化和大众茶文化较唐代都有较大的发展,不过在茶事、品饮方面要求精雅,把饮茶当作是一种高雅的生活艺术,引领茶文化风尚和潮流,规范茶文化发展方向的依然是文人士大夫阶层,因此宋代文人对品饮艺术的追求较唐人有过之而无不及。宋代饮茶的风习与唐代稍有不同。唐代文人品茶,有一套固定的程式,侧重于烤、碾、煮、分、酌等方面的技艺;宋人则注重品茶过程中的情趣和韵味,追求品茶过程中的自我享受,因为茶所体现出的那种宁静淡泊、深邃雅致的特性,与宋代文人追求自省、精雅的时代心理极为契合。所以,宋代的文人士大夫们在品茗的同时,极力营造一种幽美、雅致的品茗氛围,并在这种艺术氛围中陶冶身心,寻求心灵的宁静与自省。流行于宋代的"斗茶",就是宋人把艺术化品饮的风习推崇到极致的结果。斗茶被认为是一种"盛世的风尚",它要评出茶品的优劣,决出烹茶技艺的高低,是一种重在观赏的综合性技艺。此种"茗战",追求技艺的娴熟完美,充满竞争的趣味性,因此具有很强的观赏价值,能使人获得美好的艺术享受。斗茶,是宋人的艺术性创造,是一种最能令人进入艺术氛围的品饮方式,同时也是宋代繁复、雅致的品茶风气的充分体现。宋徽宗在《大观茶论》中不仅比较全面地总结了宋代茶事,而且系统地展示了宋代宫廷茶道的经验。他在书中所描述的"七汤"点茶法，将宋代官廷斗茶艺术推向了一个程序繁复、技巧细腻的艺术高峰。宋人斗茶，追求的是一种静穆肃然、雅致精巧、澄心静虑的心境与氛围，《大观茶论》则对斗茶的茶品、茶具、过程、环境、效果等所要遵循的严格的规定程序给予了详细精确的再现。斗茶的过程是一种极为优雅精致的审美享受过程，茶道精神在宋徽宗详尽生动的描述中得以充分展示。这种和谐唯美的艺术氛围，使一切都走向安宁，它是一种尘心洗净、冥合万物的超审美体验。总之，宋代以来的茶道在以宋徽宗为首的统治者的大力提倡下，不但浸润了琴棋书画的优雅特质，而且还在品茗风尚更加普及的基础上，要求精益求精，更为讲究，从而产生了更为繁复有趣的分茶、斗茶等颇具观赏性的品鉴游戏，成为文人士大夫们闲暇时的高雅娱乐方式。宋徽宗的《大观茶论》所论的"品第之胜，烹点之妙，莫不盛造其极"就是对此的精确阐释。总之，宋代茶道较之唐代茶道确有更多精妙雅致之处。

　　制新茶、饮佳茗、吟茶诗、作茶赋是宋代文人士大夫生活中的重要组成部分。宋代很多著名诗人如丁谓、梅尧臣、欧阳修、王安石、王禹偁、苏轼、范仲淹、晁补之、陆游、曾几、杨万里等，都留下不少咏茶的诗词歌赋。南宋著名女词人李清照曾与其夫赵明诚饮茶作押，猜典故以较胜负，后被引为美谈。大诗人黄庭坚十分热爱家乡出产的双井茶，曾将其分赠给好友，并写下了许多吟咏双井茶的诗歌，流传于世。宋代涌现出如此众多的和茶有关的文学作品，与当时的文人士大夫对茶文化的热爱和追捧有着密切的关系。此外，在文人茶道的推动下，宋代出现了大量的茶文化理论著作。这些都基于宋人对茶文化专著的喜爱以及对茶文化理论的不断探知。如果说，唐代是茶文化的自觉时代，那么宋代就是茶文化成熟完善的高级阶段。宋代文人追求淡泊、清尚、内省、雅致的时代心理使他们擅长用形而上的哲学眼光和心态去关注平常的事物，并从中寻觅出既显著又深邃的人生哲理。他们在这种自省式的反思中，心灵得到了超脱，精神境界得到了提升。总之，在宋代，茶作为一种丰富的载体，不仅仅是满足人们的"口舌之欲"，给人们以生理上的满足，更重要的是它进入了文人雅士等社会各个阶层的精神生活，成为他们追求艺术化生活的重要途径和手段。宋代茶文化在我国茶文化发展史上显示出独特的魅力。

明清时期，是中国茶文化蓬勃发展的时期。中国茶文化自萌发以来，在各个朝代都得到长足发展。在唐代，茶文化得以正式确立，茶道精神得以显现。到宋代，茶在社会层面的内容范围方面得到拓展，在茶艺的精美和雅致方面得到升华，但走向了烦琐奢华。元代以后散茶流行，从唐、宋以来的以饼茶为主的碾煎饮法逐渐被瀹泡散条形茶、以沸水冲泡的瀹饮法所取代，具有划时代的意义。从元代到明代中叶，茶艺一反宋人风习而逐步走向简约清饮化,这一变革正契合了明代的审美风貌,并与文人雅士的审美情趣趋于一致。明代文人把"清"看作是追求道德完善而带来的审美超越。王思任在《清课诗引》中说:"清者,天之所争也。……每见秋澄碧落,境界愈高,天心愈杳,愈觉矜喜。乃知最上之物,天自取之。其中于人也,为佛为仙,为圣贤豪杰。"① 这种尚清的审美趣味的出现与发展是有一个过程的。它在魏晋南北朝时期出现,在明清时期得到巩固与总结,基本趋于完善。这一理论不但被运用到文学艺术领域,更被生活化,它切实地渗透到人们生活中的方方面面,因此明代出现了清赏、清饮的艺术化生活。"清"是我国传统文人生活艺术化的标志,樊美筠曾经说过,"中华民族是一个尚清的民族,中国美学是一种尚清的美学"②,而茶本身自然清淡的生理属性正好契合了中华民族的这种"尚清"的审美趣味,因此饮茶成为一种修身养性、超脱世俗的艺术化行为。在饮茶这一行为中,"清"主要是指环境、心境的清净。对此,朱权在《茶谱》中有很好的表述。我们来看他在《茶谱》一书中所著的序言:"予尝举白眼而望青天,汲清泉而烹活火,自谓与天语以扩心志之大,符水火以副内练之功,得非

---

① 〔明〕王思任著,蒋金德点校:《文饭小品》,岳麓书社1989年版,第53页。

② 廖晓义主编:《东张西望:廖晓义与中外哲人聊环保药方》,三辰影库音像出版社2010年版,第165页。

游心于茶灶,又将有裨于修养之道矣,其惟清哉?……凡鸾俦鹤侣,骚人羽客,皆能志绝尘境,栖神物外,不伍于世流,不污于时俗。或会于泉石之间,或处于松竹之下,或对皓月清风,或坐明窗静牖。乃与客清谈款话,探虚玄而参造化,清心神而出尘表。"① 在朱权的文章中,山之清幽、泉之清冷、茶之清淡和人之清灵自然地融合在一起而形成了一种内在的和谐感,如此明窗静牖的清幽环境与文人的超脱心境反映了明代文人崇尚自然、追求清灵的审美情趣和精神追求。

与"以茶明志"相对应,朱权主张品茗过程一切从简,从而开清饮之风,实现了饮茶历史上的重大变革。他对茶器、茶具、茶叶的选择,烹饮方式及其过程都以"真简"为原则,一切以简约自然为宗旨,追求超凡脱俗的氛围,崇尚自然清淡之美。与此同时,明代也出现了大量的茶书著作,比如张源的《茶录》对饮茶环境的人数要求做了阐述,田艺蘅的《煮泉小品》是专门的品水专著,徐渭的《煎茶七类》也堪称茶文化经典之作。总之,明代的茶书除对茶叶知识、饮茶环境条件等进行详细的阐述外,还描写了明代文人对于品茗环境条件的关注,体现出他们"求真、求美、求清、求自然"的审美追求。

入清以后,明代简约、雅致、清幽的茶风,仍然在文人雅

---

① 转引自陈彬藩:《中国茶文化经典》,光明日报出版社1999年版,第305页。

士之间广为流传,且一直延续到清末,直至现代茶文化开始发展。

总之,中国茶文化几经风雨,内涵不断丰富,形式更加多样化。但不管茶文化如何发展变迁,都反映出中国茶人的审美情趣和人生追求,这是中华民族物质文明和精神文明不断发展融合的产物。

茶性与士人君子品格

茶性平和谦让，清静而韧，精俭与清淡又常常联系在一起，所以陆羽在《茶经》中云："茶之为用，味至寒，为饮最宜。精行俭德之人，……聊四五啜，与醍醐、甘露抗衡也。"① 茶对饮用之人的要求，历史上早有论述。徐渭在《煎茶七类》一文中，首先讲的就是"人品"，"煎茶虽微淡小雅，然要须共人与茶品相得"②。可见，茶在中国反映了各种社会文化风貌和人文精神品质，茶品与人品相通。杨万里有诗句云："故人气味茶样清，故人风骨茶样明。"③ 他将茶与故人的气质、风

---

① 转引自陈彬藩：《中国茶文化经典》，光明日报出版社1999年版，第10页。
② 转引自黄志根主编：《中华茶文化》，浙江大学出版社2000年版，第252页。
③ 转引自莫银燕：《中华茶文化》，吉林人民出版社2017年版，第178页。

度相比,以表现茶与故人的高洁品质,形象生动。其实,古人的人格、精神修养一旦与诗人所描写的茶的高洁品性相统一了,其君子性也就存在了。所以,茶成了高尚品德和情操的象征,其常与有德之人相伴。茶道即人道,也大概源于此吧。宋徽宗在《大观茶论》中说:"至若茶之为物,擅瓯闽之秀气,钟山川之灵禀,祛襟涤滞,致清导和,……冲淡简洁,韵高致静……"[①] 这些都阐明了平和静谧的茶对人们产生的影响和作用。为大自然所钟爱的茶具有恬淡、清和、高雅的品性,深得茶人的喜爱。茶品之清高独具灵性,有助于人们修身养性、陶冶情操,能促使人们超脱世俗的羁绊,寻求自由的精神家园。茶能使人们在纷乱的世俗中受浮躁的不良风气影响时,及时感应其"涤清"的特质,从而保持内心的纯净和美好。茶是美的象征,茶品能提升饮茶人的精神境界。认识茶品,以茶励志,实乃中国人和茶的相互厚爱所致。宋徽宗在《大观茶论》中说,茶可使"天下之士厉志清白"[②],就是指文人喜欢将茶之性与饮茶者的品格、性情相比照,在饮茶过程中明道励志。超脱世俗、逍遥自在的人生境界要以高尚的人格作为基础,茶的这种超凡脱俗的高贵气质也同样来自它那清和淡泊、刚韧不屈的品格。茶从自然采摘到成为成品,经历了诸多工序,它的味

[①][②] 转引自陈彬藩:《中国茶文化经典》,光明日报出版社1999年版,第70页。

道在这些工序中不但没有消减，反而更加浓郁。这犹如坎坷的人生，有了诸多磨难而更显其顽强的生命力。也许这正是历代文人钟爱它的一个原因吧。

苏轼是一个爱茶惜茶之人，其传记大多记载了他与茶酒的结缘。他认为茶以青山为宅，与白云遨游，得甘泉之润，融合了天地之精华，因而具有君子品性。他还以拟人的手法，把茶比作"风味恬淡，清白可爱"，"容貌如铁，资质刚劲"，"有济世之才"，可使人"精魂不觉洒然而醒"的高雅之士。在苏轼那里，茶品与人品得到完美结合。《寄周安孺茶》是苏轼所作的一首最长的茶诗，诗中赞扬了茶的高贵品质和高雅风度："有如刚耿性，不受纤芥触。又若廉夫心，难将微秽渎。……如今老且嫩，细事百不欲。美恶皆两忘，谁能强追逐。"① 这几句写茶犹在喻人，茶的君子气节与高贵品质是其他事物无法匹比的，这里用了一个反问，强调了语气，展现了作者清和坦然却又不失刚韧的人格魅力。苏轼不仅陶醉于茶带给人们的"清风击两腋，去欲凌鸿鹄"② 的超然感受，更佩服茶"谁能强追逐"的清刚气节。刚耿品性不受纤尘之染，廉洁之德不受微秽之渎，"刚耿性"和"廉夫心"正是体现了茶的君子品性。苏轼在《和钱安道寄惠建茶》中对建溪岩茶又有这样的描述：

---

①② 〔清〕王文诰辑注，孔凡礼点校：《苏轼诗集》（第四册），中华书局1982年版，第1164~1165页。

"建溪所产虽不同,一一天与君子性。森然可爱不可慢,骨清肉腻和且正。雪花雨脚何足道,啜过始知真味永。纵复苦硬终可录,汲黯少戆宽饶猛。草茶无赖空有名,高者妖邪次顽懭。体轻虽复强浮沉,性滞偏工呕酸冷。其间绝品岂不佳,张禹纵贤非骨鲠。葵花玉銙不易致,道路幽险隔云岭。"[1] 他在诗中赞扬了建溪岩茶的君子品性,说它可爱却不慢侮,其骨体清秀而中和纯正,茶味悠长隽永,令人回味。它有坚韧敦厚的内涵,又有森然飒爽的英姿,这正是作者眼中的君子风范。作者拿建茶和草茶相比,并且拿张禹似的小人品格和建茶的君子品格相比,认为做人就应该像建茶一样,虽然一开始给人以"苦硬"的感觉,但相处起来却能坦然相对、真心相待,而不像草茶一样只是徒有虚名。"骨清"是苏东坡对茶的认识,更是对自己文学创作和人格修养所提出的准则和要求。

袁燮的《谢吴察院惠建茶》中写:"形模正而方,气韵清不俗。故将比君子,可敬不可辱。"[2] 在诗中,作者同样赞扬了建茶正直清高、可亲可敬的品质,并用它来比拟吴察院刚正不阿的高尚品质。宋代理学家朱熹一生注重道德品质的修养,追求圣人品德,他也曾借茶来谈修身养性。他认为饮茶能使人

---

[1] 〔清〕王文诰辑注,孔凡礼点校:《苏轼诗集》(第二册),中华书局1982年版,第530页。

[2] 傅璇琮等主编:《全宋诗》(第五十册),北京大学出版社1998年版,第30996页。

愁苦全消、顿悟人生，因此可以使人心境平和、超凡脱俗，从而起到修身养性、陶冶身心的作用。他在诗中也曾赞扬过建茶的君子品性，认为茶体现了中国传统文化的中和之德。裴汶的《茶述》对茶有这样的表述："茶……其性精清，其味浩洁，其用涤烦，其功致和。"①"其性精清""其味浩洁"，说的是茶精清浩洁的性质，赞扬了其本性清和高洁；"其用涤烦""其功致和"，说的是茶驱除烦恼、洗涤身心，使人平和安然的功效。这些都从侧面体现了茶对人格塑造的重要作用。

饮茶可以使人更多地直视内心、自省慎独。一个人只有清醒地认识自我，才能发现自身的缺陷与不足，从而激励身心，达到更加完美的状态。饮茶可以使人清醒地认识世界，清楚地把握事物运动发展的纷繁关系和本质规律，从而透过现象认识本质。饮茶可以使人体悟"天人合一"的精神境界，感受宇宙万物和谐统一、相互依存的真谛。茶性符合传统文人的审美情趣，清和的茶性正与文人的君子品性相契合，所以在文人那里，茶道即人道。

---

① 转引自郝媛编著：《中国茶学彩图馆》，中国华侨出版社2016年版，第244页。

人生境界在品茗中的提升

文人士大夫是中国古代社会的一个精英群体,他们担当着历史和现实赋予的使命,这种社会责任感促使他们入世进取,成就功业。他们奉行"天行健,君子以自强不息"的传统,面临穷途困境也要积极进取,即使不见用,也要守住内心这一方净土,独善其身。这样,坚守神圣使命的压力和生之多艰的困扰常令他们在追求现实人生的同时又渴望拥有艺术化的人生。他们希望摆脱世俗尘嚣,静心思索,体味"非宁静无以致远"的人生智慧;他们追求质朴自然、忠贞高洁,践行"非淡泊无以明志"的处世原则;他们欣赏和谐,心胸坦荡,力求做到和顺而不苟同;他们企慕忘俗思归、闲适恬淡的生活,践行"不以物喜,不以己悲"的乐观自适的人生信念。而茶秉性洁净轻灵,"钟山川之灵禀",吸天地之精气,汲日月之精华,故而他们常常借品茗提升自己的人生境界。

韦应物在《喜园中茶生》中云:"洁性不可污,为饮涤尘烦。此物信灵味,本自出山原。"① 诗中赞美了茶即使在世俗世界中,仍能保持纯洁不污的秉性。诗人有茶相伴,也仿佛如茶一般超尘脱俗。一盏浅注、清流,清气馥郁,茶的这种超然清幽的品质正好与文人天生的清高儒雅的气质相契合。皇甫曾的《送陆鸿渐山人采茶回》中写:"千峰待逋客,香茗复丛生。采摘知深处,烟霞羡独行。幽期山寺远,野饭石泉清。寂寂燃灯夜,相思一磬声。"② 这首诗写采茶,却以"深处""烟霞""野饭""寂寂"等勾画出了一个清净幽雅的画面,又以"山寺远""石泉清"等展现了一种超凡脱俗的境界。诗人将茶的生长环境写得幽远出尘,其实是在借茶喻人,表现的是对采茶人陆羽淳然淡泊、宁静幽远的品性的肯定,也是诗人自己对人生的真切感悟和心中的理想境界的写照。茶的清幽纯净的自然属性与采茶人的淳然淡泊的人格追求完美地融合在了一起。

品茗可修身养性,净化心灵,锻铸人格;品茗可抚慰心灵创伤,使人获得心灵上的超脱,从而达到乐天的人生境界;品茗可清心醒神,激发文思,更能使人增添浩然之气。

---

① 周振甫主编:《唐诗宋词元曲全集》(《全唐诗》第 4 册),黄山书社 1999 年版,第 1358 页。

② 周振甫主编:《唐诗宋词元曲全集》(《全唐诗》第 4 册),黄山书社 1999 年版,第 1478 页。

陆游曾请教他的老师曾几："如何方得养成浩然正气?"曾几回答："但煮东坡所种茶。"曾几告诉陆游，要学习苏东坡以茶修身养性。曾几把自己的《李相公饷建溪新茗奉寄》抄给陆游，并告诉他，每当感到"笔端尘俗在"时，就借助烹茗品茶来净化自己的心灵。只有做到襟胸一尘不染、笔端没有俗尘，才能养成浩然正气。

　　陆游仕途受挫后返归农村大自然，与朴实的农夫真情交往，以诗会客，以茶酒为伴。他在仕途失意之后，能以这么开朗乐观、随缘自适的心态去面对生活，主要得益于茶。他在山阴闲居期间写了不少著名的茶诗，如"山店煎茶留小语，寺桥看雨待幽期"，"茶熟松风生石鼎，香残云缕绕蒲团"，"北窗铜碾破云腴，扪腹翛然一事无"。最后两句诗中的"云腴"是茶的代名词，"翛然"即无拘无束、自由自在的样子。这两句诗的大意是：在北窗下烹煎上好的名茶，品罢拍拍肚皮，什么烦恼都没有了，该干什么就干什么去！多么旷达洒脱！

　　另一方面，陆游也时常借拜佛参禅和品茗来化解胸中的块垒。佛使人悟，茶使人醒，饮茶成了陆游养生延年的秘方。他在《饭昭觉寺抵暮乃归》一诗中写道："静院春风传浴鼓，画廊晚雨湿茶烟。"在《野意》中写道："茶经每向僧窗读，菰米仍于野艇炊。"在《饭罢碾茶戏书》中写道："江风吹雨暗衡门，手碾新茶破睡昏。小饼戏龙供玉食，今年也到浣花村。"

有了茶,陆游的乡间闲居生活并不总是苦闷。他在《夜汲井水煮茶》一诗中,极生动地描述了他从茶中悟道的情景。诗云:"病起罢观书,袖手清夜永。四邻悄无语,灯火正凄冷。山童亦睡熟,汲水自煎茗。锵然辘轳声,百尺鸣古井。肺腑凛清寒,毛骨亦苏省。归来月满廊,惜踏疏梅影。""病起罢观书"中的"病"不是身体之病,而是心病。陆游痴心忠君,热心报国,一心为民,却累次落得个被罢官的下场,所以他"罢观书"了,对着清寂的寒夜在反复苦苦思索。这时,茶帮助了他,他亲自去汲水煎茗。辘轳是农村中用来靠手摇从深井中汲水的工具,在万籁俱寂的寒夜里,锵然的辘轳声在百丈古井中回荡,也好像是在陆游的心中回荡。这声音振聋发聩,陆游的心似有警醒。回来后,更有茶水的涤荡澡雪,陆游感到自己从内到外一片空灵,不仅原先痴迷的心苏醒了,而且连毛骨都苏醒了。他脱胎换骨般地成了一个新人。看世界,皎洁的月光无处不在,一片银白,一片纯净。他以茶人之心来爱这个世界,甚至连映在地上的梅花的影子都不忍心去践踏。他飘飘欲仙了。他以茶自娱,也有不少有关于此的传世名诗名句。如《昼睡》:"清泉浴罢西窗静,更觉茶瓯气味长。"《七月十日到故山削瓜瀹茗翛然自适》:"瓜冷霜刀开碧玉,茶香铜碾破苍龙。"《泛湖》:"笔床茶灶钓鱼竿,潋潋平湖淡淡山。"《山家》:"明窗睡起浑无事,篝火风炉自试茶。"《雨晴》:"茶映盏毫新乳上,琴横荐石细泉鸣。"《南窗》:"小鼎煎茶熟,幽人作梦回。"有时陆游也亲自上山去采茶。他在《北岩采新茶用忘怀录中法煎饮欣然忘病之未去也》一诗中对这种充满牧歌情调的田园生活做了极为生动的描述。诗云:"槐火初钻燧,松风自候汤。携篮苔径远,落爪雪芽长。细啜襟灵爽,微吟齿颊香。归时更清绝,竹影踏斜阳。"

对于个人,陆游最大的愿望是"作茶神"。到了晚年,他爱茶爱到了无以复加的地步。在晚年生活中,茶成了他最亲近的伙伴。他在《闲游》一诗中写道:"一见溪山病眼开,青鞋处处踏苍苔。平生长物扫除尽,犹带笔床茶灶来。"因为他深知:是茶,使他"养得山林气粗全,此怀无处不超然",在宦海沉浮中"不以物喜,不以己悲",超然洒脱地对待生活;也是茶,使他延年益寿,活到了80多岁的高龄。

"养浩然正气"说的是身心俱养、天人合一的高级修养方式,即"塞于天地之间","上下与天地同流",人天合一,小我与大我相融,精神与肉体同一,思想感情与精神气魄相互生发,自然精气与道德意志互为表里,将一种宏大的精神境界展现在天地人生之间,成为人格的楷模和人生理想的境界,而能"清心骨"的品茗自然而然地成了实现这种修养方式的手段。

要达到天人合一的境界,体悟茶道的深刻内涵,必须做到"虚静"。老子的"致虚极,守静笃。万物并作,吾以观其复",

既是一种特殊的修道方法,也是一种特殊的审美方式,即通过对自我身心的特殊调节,根除一切心内心外的干扰,从而体会到万物勃发的生机,由此达到对于道的观照。这是一种静默的、内省的、返观内照式的审美方式,本源于修炼,只因其虚静而超功利且有形象观照而获得了审美的属性。品茗时,只有保持内心的"虚静",以自然、平淡的心境去领悟大自然、人生和艺术的美,怀有"忘适"的审美心态,以及"林泉之心""以玄对山水"和"澄怀味象"的超越心态,才能体悟茶道,妙悟自然,达到对茶、对人生和对宇宙的体悟。"大音希声""大象无形",品茗主体通过内心的联想和想象,沉浸在审美境界中,才能获得"欲辩忘言""得意忘形""心领神会""无声胜有声"的审美体验。在审美欣赏无功利目的和无为的同时,通过有为,有目的地自我修养和自我调节,建立"澄怀味象"的审美心胸,拭净心灵的尘垢,实现对自我的复归,保持婴儿之心,心境恬淡,虚怀若谷,静如碧水,洁如霜雪,清净莹澈,才能怡然自适。在对茶的欣赏过程中,人们在这种虚静的审美状态下,精神境界才能够得到提升。只有素朴虚心,静养人生,提升悟性,才能更好地享受大自然的赐予,达到"无我"的境界;也只有保持虚静之心,才能最终从"茶之味"体悟到"人生之味",继而体悟到"宇宙之味"。同时,只有通过澄心,清除世俗杂念,让心灵超然物外,达到一种和谐平静、冲淡清远的审美心境和无欲无求、无物无我的静态的超越心态,才能够"遍览物性",在一种静寂空明的审美心境中体悟到蕴藏在品茗深处的生命意义和宇宙的真谛,从而达到一种澄清雅洁的人生境界以及个体的精神自适和心理自由,诗意地栖居在地球上。

中国茶文化的传统美学思想溯源

儒释道思想是中国传统文化思想的核心,其与中国茶文化的形成和发展有着密切的关系。赖功欧先生在《茶哲睿智:中国茶文化与儒释道》一书中认为:"儒释道三家都与中国的茶文化有甚深的渊源关系,应该说,没有儒释道,茶无以形成文化。儒释道三家在历史上既曾分别地作用于茶文化,又曾综合地融贯地共同作用于茶文化。"① "道家的自然境界,儒家的人生境界,佛家的禅悟境界,融汇成中国茶道的基本格调与风貌。……没有儒释道的共同参与,我们今天就无法享受与体味这种文化了。"② 林治先生在《中国茶道》一书中也说:"中国

---

① 赖功欧:《茶哲睿智:中国茶文化与儒释道》,光明日报出版社1999年版,第1页。
② 赖功欧:《茶哲睿智:中国茶文化与儒释道》,光明日报出版社1999年版,第132页。

茶道作为我国优秀的传统民族文化之一,它必然植根于儒、佛、道三教所提供的思想文化沃土之中,吸收融会了三教的思想精华,中国茶道才可能茁壮成长并开出艳丽奇葩。"① 由此可见,代表中国传统文化精华的儒释道美学思想对中国茶文化的形成、发展和审美精神的确立,以及茶人人生境界的提升有着不可磨灭的影响和作用。

一、道家"天人合一"和"道法自然"的哲学思想与美学理念对中国茶文化审美特质及茶人审美情趣的影响

"两千多年来,老子崇尚自然的思想成为中国人思想深处的最高理想境界,特别是影响着中国人的艺术生活,是中国文化东方韵味的本质所在。"② 作为生活艺术化的中国茶事,也毫不例外地具有追求自然的倾向。于是"天地有大美而不言","澹然无极,而众美从之"的境界就成为茶人的人生追求与理想目标。

道家崇尚清静无为,于自然恬淡中求得生命的延续与超越。而茶契合自然,集天地之灵气,茶性则俭而清和、自然淳

---

① 转引自丁以寿主编:《中华茶道》,安徽教育出版社2007年版,第131~132页。
② 周启万:《茶与华夏宗教观》,见《农业考古》,1993年第4期。

朴，因此道家认为长期饮茶可使人轻身换骨，除却污浊之气，又可修身养性，有助于修炼。道家一直对饮茶十分重视，并为茶人的茶道注入了"天人合一"的哲学思想与"崇尚自然"的美学理念。

中国文人在品茶时寄情山水、忘情山水、亲近自然的倾向都与道家崇尚自然的理念有着莫大的关系，而且茶事上的求真、求自然的原则也受到道家"返璞归真"理念的影响。

道家的"虚静"思想也潜移默化地与茶之"静"性相通。"人们一旦发现它的'性之所近'——近于人性中静、清、虚、淡的一面时，也就决定了茶的自然本性与人文精神的结合，成为一种实然形态。也就是说，决定了一种文化——一种新的文化形态的出现。"[①] 而茶人需要的恰恰就是这种虚静醇和的境界，因为只有这样才能驱除杂念，"品"出茶中蕴含的精神和"清净虚明""超然物外"的人生境界。

二、儒家美学思想与中国茶道精神

"中和"的美学思想贯穿整个中国茶道，儒家对"和"的诠释在茶事的过程中表现得淋漓尽致：一是在泡茶时表现为

---

① 赖功欧：《茶哲睿智：中国茶文化与儒释道》，光明日报出版社1999年版，第30页。

"酸甜苦涩调太和，掌握迟速量适中"的中庸之美；二是在待客时表现为"奉茶为礼尊长者，备茶浓意表浓情"的明伦之礼；三是在饮茶过程中表现为"饮罢茶敬方知深，赞叹此乃草中英"的谦和之仪。裴汶在《茶述》中指出，茶叶"其性精清，其味浩洁，其用涤烦，其功致和。参百品而不混、越众饮而独高"①。宋徽宗在《大观茶论》中谈到茶之功效时说："至若茶之为物，擅瓯闽之秀气，钟山川之灵禀，祛襟涤滞，致清导和，则非庸人孺子之可得而知矣；冲淡简洁，韵高致静，则非遑遽之时而好尚矣。"②"致清导和""韵高致静"也是对中国茶道基本精神的高度概括，揭示出了中国茶道的本质特征。无论是裴汶的"其功致和"，还是宋徽宗的"致清导和"，无疑都是以儒家的"中和"与和谐精神作为中国茶道的精神的。另外，陆羽的《茶经》也吸取了儒家"中和"的美学思想，不论是其所制或使用的器具，还是取"涓涓然"的新泉以及煮茶三沸恰到好处的状态，都表现了儒家的"中和、适度"之美。陈香白先生提出，中国茶道精神的核心就是"和"。"和"意味着天和、地和、人和，意味着宇宙万事万物的有机统一与和谐，并因此产生实现天人合一后的和谐之美。"一个'和'字，不

---

① 转引自陈彬藩：《中国茶文化经典》，光明日报出版社1999年版，第32页。

② 转引自陈彬藩：《中国茶文化经典》，光明日报出版社1999年版，第70页。

但囊括了所谓'敬'、'清'、'寂'、'廉'、'俭'、'美'、'乐'、'静'等意义,而且涉及天时、地利、人和诸层面。请相信:在所有汉字中,再也找不到一个比'和'更能突出'中国茶道'内核、涵盖中国茶文化精神的字眼了。"① 另外,庄晚芳先生提出了"廉、美、和、敬"的茶道精神说。由此可见,儒家"中和"的美学思想对中国茶道精神产生了非常深刻的影响。

三、佛教思想对饮茶境界的提升

禅悟是心与境冥契、理与事圆融的既有感官怡乐又超乎这种怡乐的非常独特的个人内心体验,同样,茶道也是一种悟。茶的"本色滋味",与禅家之淡泊自然、远离执着的"平常心境"相契相辅。将日常生活中常见的茶与禅修的最高境界——顿悟相结合,茶禅联姻,于是就有了著名的"茶禅一味"说。"茶禅一味",就是指茶文化与禅文化有共通之处,二者都追求精神境界的提升。

元代的了庵清欲禅师在《痴绝翁所赓白云端祖山居谒忠藏主求和》一诗中云:"闲居无事可评论,一炷清香自得闻。睡

---

① 陈香白:《论中国茶道的义理与核心》,见《韩山师专学报》,1993年第4期。

起有茶饥有饭,行看流水坐看云。"茶与禅相互辉映,体现了一种超然的人生境界。

禅茶要求在有限的时空中体悟生命本性,自得自适地体悟宇宙与人生,在静谧的氛围中获得一种安宁和自由。这既是一种生命哲学的境界,同时又是一种很高的美学境界。靠内在和外在的超越精神以及恬静淡泊的心情去获得自由的美学境界,这是极为不易的,而"茶禅一味"的智慧境界就是使人们进入一个新天地,从而以智慧得到美。"碾茶过程中的轻拉慢推,煮茶时的三沸判定,点茶时的提壶高注,饮茶过程中的观其色品其味,都借助事茶体悟佛性,喝进大自然的精英,换来脑清意爽生出一缕缕佛国美景。"[①] 禅宗的美学精神在于超越实体达到悟的境界,而这种精神在很大程度上提升了茶文化的艺术境界,因此禅宗对茶文化的作用是不可磨灭的。

总之,儒释道思想对中国茶文化审美特质的形成、茶人审美情趣的确立、中国茶文化的艺术审美境界的提升等方面都产生了深刻的影响,起到了重要的作用。由此看来,儒释道思想是中国茶文化的传统美学思想的重要渊源。

---

① 梁子:《中国唐宋茶道》,陕西人民出版社1994年版,第66~67页。

中国茶文化的审美意蕴特征

一、色香味俱全的茶之美

茶,因为有丰富多彩的色泽、清幽怡人的芬芳和摇曳多姿的形态,其美能鲜明生动地展现出来,容易被人们感受到。之后人们再通过品味,将个人情思融入品茗过程,体会品茗带来的清心感受。至此,人们对茶之美的认识就从一个直观外在的直觉审美阶段升华到了内在精神化的高级阶段。

我们首先来看一下茶的形之美。古人用粟粒、麦粒、暗粒等来比喻极细的茶芽。比如梅尧臣的《建溪新茗》中就对此进行了描述:"粟粒烹瓯起,龙文御饼加。"古人还常用琼蕊、兰蕊等来描述茶芽那种宛如蓓蕾初绽般的美。比如孔尚任的《试新茶同人分赋》中的"未投兰蕊香先发,才洗瓷罂渴已消",就是用兰蕊来形容茶芽之美。诗人还常用旗、鹰爪、雀舌等意象来展现茶的芽叶的动态之美。如欧阳修的《和梅公仪尝茶》中的"摘处两旗香可爱,贡来双凤品尤精",这里的"两旗"就是指的一芽一叶。曾几的《代书抵筠守谭崧老求茶笋》中用雀舌来比喻茶芽:"雨前收雀舌,雪底荐猫头。"陆游的《安国院试茶》中的"只应碧缶苍鹰爪,可压红囊白雪芽",用鹰爪表现了茶叶多姿的形态。我们在欣赏这些茶诗的同时,更感受到了茶叶、茶芽、茶本身外在形态的美:飒爽的旗枪、硬朗的鹰爪、灵动的雀舌等,都展示出形象的美感,给我们带来了美的享受。

不同的茶,香味各有不同,有的清新优雅,有的浓郁隽永。同一种茶,因冲泡时间的长短不同,香味也会有所差别。然而,正是由于茶叶香气的不拘一格、变化万千,我们才对它更加喜爱。古代文人墨客在茶诗中对茶香多有描述。汪士慎在《幼孚斋中试泾县茶》中就赞赏泾县茶"芳馨那逊龙山春",说的就是泾县茶与龙井茶的香气各有千秋,不分上下。他在《墙峰上人惠天目山茶》中还赞赏天目山茶"沁齿浮花香"。欧阳修的《送龙茶与许道人》中有"凭君汲井试烹之,不是人间香味色"的句子,描述了茶叶香味的超脱之美,作者认为其可以使人超脱世俗,获得远离凡尘的清净感受。香气产生的美感是心理对于香味产生的感官感受的反映，它能使主体产生舒畅的感觉，从而上升为一种精神上的美感。我们从茶之味中能体会出人生之味，茶味的深刻隽永之功不容小觑。饮茶人因为自身所处的境况不同，因此会对饮茶产生不同的感受。比如古代很多文人士大夫因仕途坎坷，常借饮茶来慰藉内心，从茶味中体会出了人情冷暖、世事沧桑和"味外之味"。这时，茶味也就超脱了自身具体的表象，融入了饮茶人的生活感受和精神内涵，从而愈显隽永深刻。

总之，茶叶本身多姿的形态和隽永的香味都给我们带来了精神的愉悦，让我们感受到了其超越自身具象的美感。正是在对茶叶色香味审美的基础上，我们才有了更加深刻的体会和认识：人生如茶，各有不同；生活应像茶一样平和又不失情趣；世事坎坷，我们应坦然面对。

二、高雅脱俗的品茗之美

当饮茶上升到"品"的高度，也就是艺术审美的境界时，人们对品茶的诸多要素也就讲究起来，如沏茶用水的品质、茶具的使用、品茗的环境等，这些都体现了高雅脱俗的品茗之美。

（一）自然清幽的品茗环境

简单的喝茶是一种满足口舌之欲的活动，它可以在任何情况下进行；而品茗则是各种因素、条件和谐组合的综合性行为，它更注重艺术性和审美性。品茗使饮茶由简单基础的解渴作用上升为一种综合的心理精神活动，从而具有精神化、审美化的特征。它是人们实现对美好生活追求的重要途径，也是饮茶者修身养性、完善人格的重要载体。因此，品茗者对品茗环境的要求很高。

在唐诗中，有很多对品茗环境的描写。比如杜甫的《重过何氏五首》（之三）："落日平台上，春风啜茗时。石阑斜点笔，桐叶坐题诗。翡翠鸣衣桁，蜻蜓立钓丝。自今幽兴熟，来往亦无期。"[①] 诗中描绘了一幅清新雅致的饮茶画面：春风微拂，作者在落日映照的平台上饮茶，突然来了兴致，于是倚着石栏在桐叶上题诗，身边传来翡翠鸟清脆的鸣叫声，蜻蜓点立在鱼竿上。整幅画面洁净幽雅、清新自然。又如李绅的《别石泉》："素沙见底空无色，青石潜流暗有声。微度竹风涵淅沥，细浮松月透轻明。桂凝秋露添灵液，茗折香芽泛玉英。应是梵宫连洞府，浴池今化醒泉清。"[②] 这是一首极赞惠山石泉水的茶诗，惠山泉水"在惠山寺松竹之下，甘爽，乃人间灵液，清澄鉴肌骨，含漱开神虑。茶得此水，皆尽芳味"[③]。在清澈见底的泉水边，竹声淅沥，松月倒影，煎茶品茗，环境清幽，诗意盎

---

① 《全唐诗》（第七册），中华书局1980年版，第2398页。
②③《全唐诗》（第十五册），中华书局1980年版，第5485页。

然。这首茶诗描写的清幽环境,映衬得惠山泉水更加清美怡人,让人神往。

明代的文人士大夫更加注重品茗的幽雅情趣,因此明代茶书中有很多专门对饮茶环境的阐述。比如明代冯可宾的《岕茶笺》,书中提出了"宜茶"的13个条件:"无事、佳客、幽坐、吟咏、挥翰、倘佯、睡起、宿醒、清供、精舍、会心、赏鉴、文僮。"① 其中"幽坐"就是说饮茶时心境要安宁,环境氛围要幽雅。这种舒适雅致的品茗环境要求体现了中国古代哲学中"天人合一"的观念。从过去到现在,我国文人都十分注重品茗的环境。在他们看来,品茗时,品茗者与品茗的环境应该和谐一致。只有物我两忘、栖神物外,才能达到人与自然、人与人和谐统一的"天人合一"的境界。品茗不同于简单的喝茶,它是一种综合性的艺术行为,因此需要品茗者具备一定的艺术修养。由此,品茗者对品茗的环境必然有所选择。他们多倾向于自然的环境,注重环境、氛围、意境、情趣的追求。清幽静雅的自然环境配上超凡脱俗的文人雅士,才能凸现茶道的真正乐趣。徐渭在其《徐文长秘集》中云:"品茶宜精舍、宜云林、……宜永昼清谈、宜寒宵兀坐、宜松月下、宜花鸟间、宜清流白石、宜绿藓苍苔、宜素手汲泉、宜红妆扫雪、宜船头吹

---

① 转引自陈彬藩:《中国茶文化经典》,光明日报出版社1999年版,第358页。

火、宜竹里飘烟。"① 这段文字字里行间显露的都是飘逸闲适、清幽淡雅的意境。置身于这种花语鸟鸣、寒宵月下、竹里飘烟的自然清新的环境中，以清净闲适的心情来品茗，借着淡淡的茶香来洗涤心底的忧虑与污垢，清除杂念，反思人生，感悟生活，自然能达到真悟、永恒的人生境界。明代学者、茶人许次纾对饮茶的环境气氛也有专门的论述，他在自己的茶学专著《茶疏》中列举了品茶的最佳氛围："心手闲适，披咏疲倦，意绪棼乱，听歌拍曲，歌罢曲终，杜门避事，鼓琴看画，夜深共语，明窗净几，洞房阿阁，宾主款狎，佳客小姬，访友初归，风日晴和，轻阴微雨，小桥画舫，茂林修竹，课花责鸟，荷亭避暑，小院焚香，酒阑人散，儿辈斋馆，清幽寺观，名泉怪石。"② 由此可见明人对品茗环境的注重与追求，表明了他们力求在幽雅的饮茶环境中追求心灵宁静舒放的人生状态。所谓的品茗环境，不仅仅指自然环境，更包含品茗者的心境。品茗时，首先要做到"无事"。这就要求品茗者品茗时要神怡闲适，无牵无挂，无欲无求。其次是要"清静"。清静不单指品茗的自然环境要清幽雅静，还要求品茗者内心虚静、静谧。只有保持内心的虚

---

① 转引自赖功欧：《茶哲睿智：中国茶文化与儒释道》，光明日报出版社1999年版，第151页。

② 转引自陈彬藩：《中国茶文化经典》，光明日报出版社1999年版，第327页。

静,才能超越俗我,使飘逸、空灵、洒脱之心与自然本真相融合;才能在品茗的过程中"澄心端思",净化心灵,完善人格,提升境界。总之,品茗不但要求自然环境的清幽雅致,更注重品茗者内心的精神状态。只有两者很好地结合起来,才能品出深醇的茶香;只有两者互相衬托,才能更好地揭示出茶文化追求清雅的审美取向。

(二) 契合审美潮流的饮茶器具

雅致的茶具也是品茗的重要组成部分,它同样体现了文人的审美情趣和追求。在论述茶具的这一部分,笔者使用了"契合审美潮流"一词,是因为中国茶具有一个不断发展演变的过程,每个时代的茶具都有符合当时那个时代的美学特征,都是那个时代饮茶方式、品饮艺术和审美情趣的反映,因此很难用一个固定的形容词来概括不同时段的茶具的美学特征。但是不管茶具怎样发展演变,都体现了其实用性与艺术性的完美结合,都有很高的审美价值。

在隋唐之前,茶具与酒具并未被严格地区分开来,在很长的一段时间里两者都是共用的。其实,早在秦汉时期,已有了简单的饮茶器皿。到了唐代,随着饮茶习俗的广泛传播和饮茶区域的不断拓展,人们有了更丰富的茶叶知识,陶器也开始发展起来;瓷器出现后,茶具则随之精巧考究起来。在唐朝,人们比较喜欢越瓷,因为它似玉又似水,釉色青,造型好,"口唇不卷,底卷而浅"①,使用也非常便利。当时茶饼的汤色是淡红色,只有青色瓷器才能使茶汤呈现绿色;其他颜色的瓷器都"悉不宜茶",因使用后汤色不美观。因此,陆羽在《茶经》中推崇青色的越瓷,想必更多的就是从艺术鉴赏的角度出发的。宋人喜用黑釉盏,主要是为了和当时流行的斗茶活动相匹配,因为其他色泽的瓷很难映出茶的特色。丁谓诗中的"碾细香尘起,烹新玉乳凝",就是描绘将茶膏放入茶盏后,注入开水搅动,茶汤粲然而泛出鲜白色光泽的精美画面。这纯粹是宋人斗茶所要求的美学境界。总之,由于唐宋茶业的发展和兴盛,宋代的茶具更为精美华丽,茶具的材料也更加多样化。明清之后,茶具呈现出一种返璞归真的趋向,为其走向辉煌提供了有利的条件,特别是文人的主动参与,给茶具注入了精神活力。文人雅士们在品茗的同时,欣赏精致典雅的茶具,不失为一次艺术到心灵的洗涤。

中国历史上的茶具的发展,是由粗趋细、由繁到简,从古朴、富丽再走向淡雅的返璞归真的过程,其反映了不同时代的审美趣味,与茶自身的发展和饮茶方法的演进同步合拍。

下面我们来欣赏几种富有特色的精美茶具,同时体会一下

---

① 转引自陈彬藩:《中国茶文化经典》,光明日报出版社1999年版,第15页。

它们带给我们的审美享受。"湘瓷泛轻花""吴瓯湘水绿花新",说的都是瓷具。"九秋风露越窑开,夺得千峰翠色来"①,说的是有"千峰翠色"的越窑青瓷,其釉色有一种晶莹翠绿的质感,似乎与大自然的千峰翠色融为一体。当人们欣赏着这些青翠碧绿的越窑茶具,观赏着莹白色茶碗里泛起的嫣然绿色,感受着"功剜明月染春水,轻旋薄冰盛绿云"②般的美,喝上几口清香扑鼻的茶水时,必然会感到神清气爽。因此,越瓷茶具极富艺术欣赏价值,能给人带来强烈的审美感受。宋代景德镇的瓷业非常繁荣,这一时期的瓷器因其雅致明润成为茶人的珍赏,还远销国外,成为中国文化的重要标志之一。景德镇的瓷器也因其完美的特质而具有很高的艺术鉴赏性和审美价值。陶具与陶盏的创制与普及,也一直为后人所称道。梅尧臣在《依韵和杜相公谢蔡君谟寄茶》中夸赞的就是著名的紫砂陶茶具:"小石冷泉留早味,紫泥新品泛春华。"③茶具的精美与雅致促使饮茶活动升华到了修身养性、超脱自省的境界和高度,从而使这一活动体现了欣赏性与精神性的完美的艺术结合。宜兴紫砂壶,集实用与审美于一身,其式样古朴典雅,色泽明丽光亮,肌理细腻滋润,款识铭刻又具有很强的艺术欣赏性,这些

---

① 《全唐诗》(第十八册),中华书局1980年版,第7216页。
② 《全唐诗》(第二十一册),中华书局1980年版,第8174页。
③ 傅璇琮等主编:《全宋诗》(第五册),北京大学出版社1991年版,第3046页。

特点都非常符合传统文人的审美情趣。比如,壶上镌刻的简短诗文给人以智慧的启迪。又如,清代的杨彭年和陈曼生在壶上镌刻的花鸟山水,则为古朴淡雅的陶壶平添了一份诗情画意。沉郁古朴的形态,瑰丽动人的色泽,再配上绝妙的书体诗画,怎能不引起品茗者的无限雅思?即使不用来饮茶,每日供之几案,也称得上精湛的艺术品,能从中获得许多美的享受。

宜兴紫砂壶兴盛的时期,正是我国封建社会走向没落的时期。那时的文人士大夫多研读古书,沉溺古玩,以排解心中的郁闷。因此,品茗赏壶不仅是高雅的娱乐方式,更寄托了文人们惆怅落寞的情怀。吴骞的"翛翛琴鹤志清虚,金注何能瓦注如。玉鉴亭前人吏散,一瓯春露一床书",写的是空寂玄幽的禅境。汪士慎有诗云:"阳羡茶壶紫云色,浑然制作梅花式。寒沙出冶百年余,妙手时郎谁得如。感君持赠白头客,知我平生清苦癖。清爱梅花苦爱茶,好逢花候贮灵芽。他年倘得南帆便,随我名山佐茶宴。"这首诗体现的是作者对高洁品格的不断追求。文人雅士的审美情趣的变化促使陶壶的制作者不断创新,以符合新的审美标准,紫砂壶也在这样一种高雅脱俗的氛围中不断完善。

总之,茶具是品茗中非常重要的组成部分和构成要素,它的审美特征直接影响了茶文化与品茗者的审美境界。

(三）清活甘冽的饮茶用水

张科在其著作《说泉》中论述了饮茶用水对于品茗的重要性，其在文章中以两位文人的话为例证来加以说明。一是明代的张大复在《梅花草堂笔谈》中说："茶性必发于水，八分之茶，遇十分之水，茶亦十分矣；八分之水，试十分之茶，茶只八分耳。"[①] 二是明代的张源在《茶录》中宣称："茶者，水之神；水者，茶之体。非真水莫显其神，非精茶曷窥其体。"[②] 总之，这些都阐明了水质对于茶汤的重要性。明代的许次纾在《茶疏》中也说："精茗蕴香，借水而发，无水不可与论茶也。"[③] 宋徽宗也在《大观茶论》中提到"水以清轻甘洁为美"[④]。所以，笔者也认为清冽甘美的水能催生茶性，使人充分享受茶的色、香、味、形。因此，取水之道受到了文人的重视，烹茶用水也具有自身鲜明的审美特征。

古人对于饮茶用水十分讲究，历代文人对烹茶用水的几大特点也曾进行了概括和总结，虽众说纷纭、各持己见，但下面四个方面的特点是大家普遍认同的。

一是取水之"清"。烹茶用水应该清澈纯净，无杂质且透

---

①②③ 转引自张科：《说泉》，浙江摄影出版社1996年版，第1～2页。
④ 转引自陈彬藩：《中国茶文化经典》，光明日报出版社1999年版，第71页。

明无色,否则难以显出茶色。烹茶之水澄澈,才能在品茗时欣赏到茶水中摇曳多姿的茶叶,感受到一种清幽的雅静。田艺蘅说水之清,是"朗也,静也,澄水之貌"[1]。苏轼的"自临钓石取深清"[2]的"清"也是这个意思。宋代斗茶是以白而微青色为上,如果没有清澈透明的水,是难以点出表面鲜白的"汤花"的。比如梅尧臣在《次韵和永叔尝新茶杂言》中曰:"兔毛紫盏自相称,清泉不必求虾蟆。石瓶煎汤银梗打,粟粒铺面人惊嗟。诗肠久饥不禁力,一啜入腹鸣咿哇。"[3]诗人认为清澈澄明的水与紫盏交相呼应,才能赏心悦目。所以,"清"是饮茶用水最基本的要求。只有水质清澈纯净,才能正确反映茶叶的色、香、味。

二是取水之"活"。苏轼在《汲江煎茶》中云,"活水还须活火烹"[4]。南宋的胡仔在《苕溪渔隐丛话》中说:"此诗奇甚,道尽烹茶之要,且茶非活水,则不能发其鲜馥,东坡深知此理矣。"[5] 田艺蘅也说过:"泉不流者,食之有害。"[6] "活"

---

[1][6] 转引自陈彬藩:《中国茶文化经典》,光明日报出版社1999年版,第308页。

[2][4] 〔清〕王文诰辑注,孔凡礼点校:《苏轼诗集》(第七册),中华书局1982年版,第2362页。

[3] 傅璇琮等主编:《全宋诗》(第五册),北京大学出版社1991年版,第3262页。

[5] 〔南宋〕胡仔:《苕溪渔隐丛话前后集》,商务印书馆1937年版,第498页。

与"死"相对,比如池水、塘水近似死水,缺少流动,与山水相比缺少了自由和不羁,与文人士大夫们渴望在品茗中得到心灵的解脱背道而驰。因此,古代文人十分注重茶水之"活"。他们明白,只有活水才能保持水质清新;只有活水才能激发水性,使茶饮更加清新幽雅。

三是取水之"甘"。田艺蘅说:"甘,美也;香,芳也。……泉惟甘香,故亦能养人。"① 明代的屠隆说:"泉上有恶木,则叶滋根润,能损甘香……"② 这些都是说的甘甜之水对于提纯茶味的作用。古人认为江南梅雨季节的水最甘甜,于是明代的罗廪在《茶解》中说:"梅雨如膏,万物赖以滋长,其味独甘。"③ 张雨的《游惠山寺》中的"定知有锡藏山腹,泉重而甘滑如玉"④,则是赞赏惠山泉水甘甜滑嫩口感好,用这样甘甜的泉水来烹茶,想必更能增加茶的香味。蔡襄的《圣泉》诗云:"清甘本无滓,渴饮得真味。端能发茶色,博亦资农利。"⑤ 这里说用清澈甘甜的泉水来煮茶,不但可以品得茶

---

① 转引自陈彬藩:《中国茶文化经典》,光明日报出版社1999年版,第308页。
② 转引自陈彬藩:《中国茶文化经典》,光明日报出版社1999年版,第320页。
③ 转引自陈彬藩:《中国茶文化经典》,光明日报出版社1999年版,第330页。
④ 〔元〕张雨撰,彭万隆点校:《张雨集》(上),浙江古籍出版社2015年版,第102页。
⑤ 傅璇琮等主编:《全宋诗》(第七册),北京大学出版社1992年版,第4762页。

之真味，还能欣赏到茶色之美。所以，文人雅士在品茗时大都选择清甘之水，认为甘甜之水可以催发茶性。古往今来，茶诗中描述甘甜泉水的诗句不胜枚举。

四是取水之"冽"。冽，又可理解为寒、冷。古人认为水"不寒则烦躁，而味必啬（音通'涩'）"。高启的《石井泉》中的"清泉生石脉，冷逼煮茶亭"[①]，说的就是石井泉水冷冽逼人。范景文的《蕉雨轩尝水》中云："便泼洞山芽，雪花泛冰涩。泉味与茶香，相和有妙理。细嚼润枯喉，泉脉湿灵肺。"[②]诗歌描述的是一幅清冷空灵的品茶图，清冽的泉水与茶相和，相得益彰。宋代杨万里的诗句"锻圭椎壁调冰水"[③]，说的也是用冰冷的冰水来煮茶。冰水冷冽清凉，为很多文人雅士所喜爱。雪水清冷又高洁，因此也被很多文人所钟爱。白居易有"融雪煎香茗"之句；辛弃疾也有"细写茶经煮香雪"之说；《红楼梦》中更有妙玉用五年前从梅花瓣上收集的雪水来烹茶，为品饮平添了几分幽香雅韵。

陆羽在《茶经》中说："其水，用山水上，江水中，井水下。其山水，拣乳泉石池漫流者上；其瀑涌湍濑勿食之，久食

[①] 转引自朱世英等主编：《中国茶文化大辞典》，汉语大词典出版社2002年版，第780页。

[②] 转引自熊四智主编：《中国饮食诗文大典》，青岛出版社1995年版，第770页。

[③] 转引自张科：《说泉》，浙江摄影出版社1996年版，第12页。

令人有颈疾。又多别流于山谷者,澄浸不泄,自火天至霜郊(降)以前,或潜龙蓄毒于其间。饮者可决之,以流其恶,使新泉涓涓然,酌之。"① 这段话是说,煮茶用水最好是山泉水,并以钟乳石的滴水或缓缓流动的泉水品质为上,飞驰的瀑布与山涧的急流则不能常饮用。陆羽以后的历代茶人,多遵循并发展了他的取水理论,追求茶泉双绝的境界,因此历代咏泉茶诗也不少。除了前面提到的李绅的《别石泉》,还有温庭筠的《西陵道士茶歌》:"乳窦溅溅通石脉,绿尘愁草春江色。涧花入井水味香,山月当人松影直。仙翁白扇霜鸟翎,拂坛夜读黄庭经。疏香皓齿有余味,更觉鹤心通杳冥。"② 在作者看来,饮茶不仅是一种生活享受,还有助于修养身心;正是因为西陵泉水味甘香,茶味才更加清高悠长。杨载的《惠山泉》也很有名:"此泉甘冽冠吴中,举世咸积煮茗功。路挂山腰开鹿苑,池攒石骨闷龙宫。声摇夜雨闻幽谷,彩发朝霞眩太空。万古长流那有尽,探源疑与海相通。"③ 诗人把惠山泉写得有声有色,使人读之如身临其境。总之,不论是山川名泉还是山间流水,只要清活甘冽,必能催发茶性,诱发茶香。

---

① 转引自陈彬藩:《中国茶文化经典》,光明日报出版社1999年版,第16页。
② 《全唐诗》(第十七册),中华书局1980年版,第6715页。
③ 转引自蔡镇楚、施兆鹏编著:《中国名家茶诗》,中国农业出版社2003年版,第255页。

（四）精美绝伦的煎饮过程

说到煎饮，最有特色的是宋代的点茶和斗茶，其过程精妙绝伦，体现了宋代文人的精致雅趣。我们来看一下宋徽宗的《大观茶论》中描述的精彩的点茶、击拂过程："妙于此者，量茶受汤，调如融胶，环注盏畔，勿使浸茶。势不欲猛，先须搅动茶膏，渐加击拂，手轻筅重，指绕腕旋，上下透彻如酵蘖之起面，疏星皎月，灿然而生，则茶面根本立矣。第二汤自茶面注之，周回一线，急注急止，茶面不动，击拂既力，色泽渐开，珠玑磊落。三汤多寡如前，击拂渐贵轻匀周环，表里洞彻，粟文蟹眼，泛结杂起，茶之色十已得其六七。四汤尚啬，筅欲转梢，宽而勿速，其真精华彩既已焕然，轻云渐生。五汤乃可稍纵，筅欲轻盈而透达，如发立未尽，则击以作之。发立各过，则拂以敛之，然后结霭凝雪，香气尽矣。六汤以观立作，乳点勃然，则以筅着尻缓绕拂动而已。七汤以分轻清重浊，相稀稠得中，可欲则止。乳雾汹涌，溢盏而起，周回凝而不动，谓之咬盏，宜均其轻清浮合者饮之。《桐君录》曰：'茗有饽，饮之宜人。'虽多不为过也。"[①] 作者洋洋洒洒数百字，宋代宫廷斗茶艺术的华丽唯美便跃然纸上。作者在这里用了一

---

① 转引自陈彬藩：《中国茶文化经典》，光明日报出版社 1999 年版，第 72 页。

连串形象的比喻,"疏星皎月,灿然而生","色泽渐开,珠玑磊落","真精华彩既已焕然,轻云渐生","结霭凝雪",贴切生动地描述了茶汤之色的美妙变换及赏心悦目。更难能可贵的是,宋徽宗用精确的词汇将点茶、击拂的关键环节叙说得滴水不漏,也许只有这样方能描绘出那妙不可言的点茶的艺术美来。斗茶是宋代文人在闲适的生活之余进行的一种高雅的品饮活动。"露牙错落一番荣,缀玉含珠散嘉树。终朝采掇未盈襜,唯求精粹不敢贪。研膏焙乳有雅制,方中圭兮圆中蟾。北苑将期献天子,林下雄豪先斗美。鼎磨云外首山铜,瓶携江上中泠水。黄金碾畔绿尘飞,紫玉瓯心雪涛起。斗余味兮轻醍醐,斗余香兮薄兰芷……不如仙山一啜好,泠然便欲乘风飞。君莫羡花间女郎只斗草,赢得珠玑满斗归。"① 范仲淹这首描写斗茶情景的茶诗非常有名,在当时流传甚广,作者用华丽形象的语言生动地展现了斗茶之美。宋代描写斗茶的茶诗占了茶诗题材的很大一部分,可见当时斗茶之风的盛行。据蔡襄《茶录》所言,斗茶的胜败是这样的:"视其面色鲜白,著盏无水痕为绝佳。建安斗试以水痕先者为负,耐久者为胜。"② 也就是说,一斗茶面汤花的色泽与均匀程度也就是茶色,二斗茶盏内沿与

---

① 傅璇琮等主编:《全宋诗》(第三册),北京大学出版社1991年版,第1868页。

② 转引自陈彬藩:《中国茶文化经典》,光明日报出版社1999年版,第67页。

汤花相接处有没有水痕。在色泽上，斗茶要求汤花表面鲜白，有"淳淳光泽"，因此汤花必须均匀。梅尧臣的《次韵和永叔尝新茶杂言》中言："造成小饼若带铐，斗浮斗色倾夷华。"[①]这里讲的就是如果点汤、击拂都能恰到好处，汤花咬盏就不会很快散退。如果汤花不能咬盏，很快散退，就会出现水痕，说明煎汤过程有不足或者过之，便是负者。苏轼的"沙溪、北苑强分别，水脚一线争谁先"[②]，就是描述的汤花咬盏、斗茶争先的生动场景。梅尧臣在《次韵和再拜》中言："烹新斗硬要咬盏，不同饮酒争画蛇。"[③]这也是描述的同样的情景。总之，在诗人们的笔下，斗茶之美跃然纸上，生动形象，让人神往。宋代的点茶、斗茶技艺体现了宋代茶道追求精雅的审美取向，极现精巧、雅致、奢华的品茶之风，它将宋代茶艺推向了一个程序繁复、技巧细腻、美妙变换的审美天地，也带给我们精致优雅的审美享受。

三、旨意高远的茶道之美

中国茶文化发展到今天，无论是从形式上还是从内涵上来

---

①③ 傅璇琮等主编：《全宋诗》（第五册），北京大学出版社1991年版，第3262页。

② 〔清〕王文诰辑注，孔凡礼点校：《苏轼诗集》（第二册），中华书局1982年版，第654～655页。

说，都在不断地完善和发展，在理论和实践上都有所提高和进步；但对于茶文化的核心与精神——茶道，界定仍不能明确统一，大家各执一词，各有各的看法和见解。有人认为茶道是指饮茶的技艺、饮茶的艺术（如蔡荣章），有人认为茶道是礼法教育、道德修养等的一种仪式或手段（如庄晚芳），还有人认为茶道是指饮茶过程中的精神内涵。如丁以寿先生提出中国茶道是"饮茶之道""饮茶修道"和"饮茶即道"的有机结合，他在文章《中华茶道概念诠释》中对此有详细的阐述：饮茶之道是饮茶的艺术、方法和技艺；饮茶修道是通过饮茶艺术来修道悟性，修养身心；饮茶即道是修道的结果，是悟道后的智慧。丁以寿对中国茶道的定义，反映了茶道的发展演变过程，是由物质层面到精神层面的进化过程。王玲、姜爱芹、董德贤、陈文华等人直接就认为茶道是指茶文化的精神内涵，实际上是阐明了茶道发展的最高级形式即其精神层面。

笔者在研究茶文化内涵及其精神的基础上，也有自己的认识和看法：广义的茶道是指茶文化的精神内涵，是所有茶文化活动中最具哲理性、道德性和规范性的部分；狭义的茶道是专指茶艺中所追求体现的精神底蕴，即文化、审美理念及其道德规范。不管怎样，在笔者看来，茶道应该是指更多地体现茶文化精神层面的那一部分。

茶道十分注重精神内涵，所以显得旨意高远。那么什么是中国茶道的基本精神呢？庄晚芳教授提出了"廉、美、和、敬"的观点，即"廉俭育德，美真康乐，和诚处世，敬爱为人"。林治先生则认为，"和、静、怡、真"应作为中国茶道的"四谛"。他在其所著的《中国茶道》和《中国茶艺》两本书中解释了把这四点作为中国茶道的"四谛"的原因："和"是中国茶道哲学思想的核心，是茶道的灵魂；"静"是中国茶道修习的不二法门；"怡"是中国茶道修习实践中的心灵感受；"真"是中国茶道的终极追求。

不管持有哪种观点，几乎所有的茶文化工作者都认同"和"字为茶道的思想核心。陈香白先生就提出"和"字可概括、包含所有茶道思想与精神，认为它不但能够涵盖整个茶文化的深层内涵，更体现了中国传统文化的核心和精髓。因此，笔者认为，把"和"作为茶道的精神特征之一是很有道理的。"敬"字主要是说，对于茶文化，我们应采取严谨的态度。笔者认为，对饮茶用具、饮茶过程以及茶人之间的谦敬、明礼的态度应该作为茶道精神的一部分，因为它符合我国传统礼仪的基本要求，也符合茶人"精行俭德"的道德要求。"静"主要是指品茶时的虚静心境，也是指中国茶道空灵虚静的环境和氛围。"静"可澡雪灵魂，锻铸人格，从而使茶人达到"物我两忘""天人合一"的境界。"怡"是中国茶人修行时愉悦、怡静的心理感受，是其品茶、饮茶所追求的目标。"真"是中国茶道的基础、终极归宿和落脚点。只有至真的茶，才能突显其高贵的自然品性；只有至真的自然环境，才能使人的身心自然舒放；只有真水、真具，才能激发茶性挥发；只有真心对待他人，才能融洽氛围，藻雪身心。总之，中国茶道追求的目标归根结底是一个"真"字，只有做到这个字，茶道精神才能得到圆满体现。

  茶道精神寓意深刻，旨意高远，是推动茶文化发展的精神动力。它的美是深远的、潜移默化的，能使我们的精神境界在不知不觉之中得到提升和完善。

"红楼梦饮食"的审美追求

明清时期是中国饮食文化发展的成熟时期,当时的饮食审美达到了一个空前完善的境界。饮食作为一种文化进入精神领域,上升到精神层面,具有精神内涵后,中国饮食中的审美精神才得以正式确立。中国古代饮食审美思想经历了从最初"甘、美、善"饮食审美思想的萌芽到后来的"五味调和"的和谐美之说,再到明清时期"十美风格"的提出的发展历程。饮食文化在形成、发展的各个阶段呈现出不同的美学特质,反映了当时人们的审美趣味和审美追求。因此,中国饮食文化的发展过程就是中国饮食文化审美精神的确立过程,也是历朝的人们审美情趣和审美观念不断发展变化的过程,而追求"质、香、色、形、味、器、适、序、境、趣"的"十美"审美风格的形成则是明清时期饮食审美思想成熟与完善的标志,这既在

《闲情偶寄·饮馔部》《随园食单》《遵生八笺》《觞政》等这类饮食文化著述中有详细的记述，也在一些文学作品中得到了充分的展现。

在《红楼梦》中，贾府的饮食早已超越了果腹的层面，曹雪芹对美食的描写也充分展露了其作为清朝上层世家子弟对饮食的审美品位和美学追求。

贾府的饮食对"质"的追求体现在对食品原料的挑选上，其食品原料的"新鲜与丰盛"的"质"美是其他诸美的前提、基础与灵魂。贾府虽在京城，却有苏杭的新鲜鸡笋、椒油莼齑酱、惠泉酒，还有东北的新鲜鹿肉，东南的朱橘、荔枝、橄榄、柚子，自家园子里还种了新鲜的时令水果，更不必说暹罗来的茶和西洋的葡萄酒了。各地新鲜丰富的食品用料是保证贾府能够享用到美味佳肴的基础，也是贾府以食养生、以食疗疾得以实现的物质保证。"香""色""形""味""适"（口感美）属于饮食中的感觉美。贾府的每道菜都精致讲究，符合饮食的美感，如酸笋鸡皮汤、碧粳粥、糟鹅掌、糖蒸酥酪、梅花香饼儿、茄鲞、藕粉桂花糖糕、松瓤鹅油卷、螃蟹小饺儿、牛乳蒸羊羔、野鸡爪子、酒酿清蒸鸭子等。每道菜的每道工序也都费尽心思，十分考究，不但可以看出原料的质美，也可以看出烹调技巧和火候的恰到好处，还可以看出多种原料色泽的辉映谐调，又加以富有美感和艺术性的造型，使饮食者通过嗅香、察色性、品味、领悟味韵等获得口感和精神的双重享受。另外，贾府中人不但对菜肴本身的品质要求严格，对饮食活动的要求也达到了精益求精的程度，不仅重视美食美器、陈设布置，对就餐的环境也有很高的要求。优美怡人的自然风光，清幽别致的就餐环境，人与大自然、人与人的和谐统一，都能给人以美的享受。螃蟹宴摆在藕香榭，环境清幽，桂花飘香，诗意盎然；第四十回中，酒席摆在缀锦阁底下，配着潺潺水音，家伶唱戏更为婉转动听；第七十五回中，中秋节之夜，酒席摆在山上敞厅，寒宵月下，在这里赏月饮酒，别有一番情致。这些都体现了贾府中人对饮食环境、氛围、意境和情趣的追求。美景与美食调动了人的全部审美器官，听曲看戏、行酒令等丰富多彩的娱乐活动也愉悦了饮食人的身心，使其审美情绪和感受达到了一个更高的层次，饮食由此变成了一种综合的精神活动，成为具有审美化特征的"趣"事。这就是所谓的"味外之味"，饮食此时也超脱了自身具体的表象，融入饮食者的生活感受和精神内涵，体现了饮食者对美好生活的向往和追求，使得饮食本身愈显隽永深刻。

《红楼梦》中汤羹种类繁多，营养丰富，如有酸笋鸡皮汤、米汤、酸梅汤、荷叶莲蓬汤、建莲红枣汤、合欢汤、鸭子肉汤、火腿鲜笋汤、酸汤、虾丸鸡皮汤、燕窝汤、醒酒汤儿、火肉白菜汤等十几种汤名。下面我们就拿"荷叶莲蓬汤"来细谈一下"红楼梦饮食"的审美追求。

> 王夫人又问:"你想什么吃?回来好给你送来的。"宝玉笑道:"也倒不想什么吃,倒是那一回做的那小荷叶儿小莲蓬儿的汤还好些。"……薛姨妈先接过来瞧时,原来是个小匣子,里面装着四副银模子,都有一尺多长,一寸见方,上面凿着有豆子大小,也有菊花的,也有梅花的,也有莲蓬的,也有菱角的,共有三四十样,打的十分精巧。①

在《红楼梦》第三十五回中,宝玉挨打后,众人来看望他,王夫人问他想吃什么,他说想喝荷叶莲蓬汤。凤姐一旁笑道:"听听,口味不算高贵,只是太磨牙了。巴巴的想这个吃了。"② "磨牙"一词说明这种汤制作起来肯定颇费些精力和时间。这种汤的制作过程,文中未加描述,但单从需要的模具就可见此汤的精巧之处。文中贾母一叠声地叫人做去,凤姐吩咐婆子去厨房要模具,回道,模子都交上来了。去问管茶房的,也不曾收。最后还是管金银器皿的送了来,足见器具的贵重。贾府有一个专门管金银器皿的库房,连个做汤的模具都用银铸

---

①② 〔清〕曹雪芹、高鹗:《红楼梦》,人民文学出版社1982年版,第476~477页。

造，足显贾府的富贵和奢华。银模子一尺多长，一寸见方，有菊花、梅花、莲蓬、菱角，三四十样，造型精巧，定是十分精美玲珑。见过大场面的薛姨妈都不禁赞道："你们府上也都想绝了，吃碗汤还有这些样子。"① 模具精巧贵重，汤的用料也不含糊。凤姐吩咐厨房立刻拿几只鸡，另外添了东西，做出十碗来。我们可以猜测一下这些原料的用途：鸡势必是来煲汤，做上汤用；另外添的东西想必也是营养丰富，凤姐关照"好生添补着做了，在我的帐上来领银子"②，看来配料的花费也不少。荷叶是用来挤汁和面，还是铺在各种面模上做蒸煮之用，我们不能确定，但那时刚过端午，荷叶十分新鲜，荷香诱人，莲蓬清香，清汤澄净，各种配料鲜美，汤的色泽、味道都透着平心静气的祥和美感。我们从对这道汤的直观外在形态的认识中就能发现美、感受美。因为有了丰富多彩的色泽，清幽怡人的芬芳，摇曳多姿的形态，这道汤的美就能鲜明生动地展现出来；再通过品味，将个人情思融入饮食过程，自然能体会出这道汤给我们带来的清心感受。至此，我们对此汤的认识就从直觉审美阶段升华到了内在精神化的高级阶段。另外，荷叶、莲蓬熟食还有散瘀血之功效，对于刚挨了打的宝玉来说十分合适，这又体现了这道汤的实用性，其审美性与实用性得到了完

---

①② 〔清〕曹雪芹、高鹗：《红楼梦》，人民文学出版社 1982 年版，第 477 页。

美的统一。这道汤的制作体现了当时上层贵族的饮食风貌，讲究精致饮食，构思巧妙，制作精细，菜式不但营养价值高，还清新典雅、富有美感，又重视食疗养生之道，不但能满足宝玉这些富贵之人味觉的敏感和精致，更能给人以视觉和情感上的享受。

中国的食物之美滥觞于食物，却无法穷尽食物。食器、菜式的形神之美，色香味的和谐调和之美，饮食过程中的情趣之美，都使得饮食文化成为中华审美文化重要的载体之一。"红楼梦饮食"体现了明清时期饮食审美文化的完善和成熟，书中描写的饮食远远超越了一般意义上的进食状况，甚至亦超越了饮食本身，既非下层人群的果腹解馋，亦非高出一筹的情趣展现，而是用以显示身份和地位了，其对饮食的精益求精也体现了明清时代"精美、和谐、典雅"的美学追求。